O TERCEIRO IRMÃO

O TERCEIRO IRMÃO

Nick McDonell

TRADUÇÃO
Mariana de Carvalho Mesquita Santana

GERAÇÃO EDITORIAL

O TERCEIRO IRMÃO

Copyright © 2011 by Nick McDonell

1ª edição – Agosto de 2011

Grafia atualizada segundo o Acordo Ortográfico da Língua Portuguesa de 1990, que entrou em vigor no Brasil em 2009.

Editor e Publisher
Luiz Fernando Emediato

Diretora Editorial
Fernanda Emediato

Produtora Editorial
Renata da Silva

Capa
Silvana Mattievich

Diagramação
Kauan Sales

Tradução
Mariana de Carvalho Mesquita Santana

Preparação
Josias Andrade

Revisão
Hugo Almeida

DADOS INTERNACIONAIS DE CATALOGAÇÃO NA PUBLICAÇÃO (CIP)
(Câmara Brasileira do Livro, SP, Brasil)

McDonell, Nick
O Terceiro Irmão / Nick McDonell ; tradução: Mariana de Carvalho Mesquita Santana. -- São Paulo : Geração Editorial, 2011.

Título original: The third brother.

ISBN 978-85-61501-77-8

1. Ficção norte-americana I. Título.

11-08601   CDD: 813

Índices para catálogo sistemático

1. Ficção : Literatura norte-americana   813

GERAÇÃO EDITORIAL

Rua Gomes Freire, 225/229 – Lapa
CEP: 05075-010 – São Paulo – SP
Telefax.: (11) 3256-4444
Email: geracaoeditorial@geracaoeditorial.com.br
www.geracaoeditorial.com.br

2011
Impresso no Brasil
Printed in Brazil

Para minha mãe

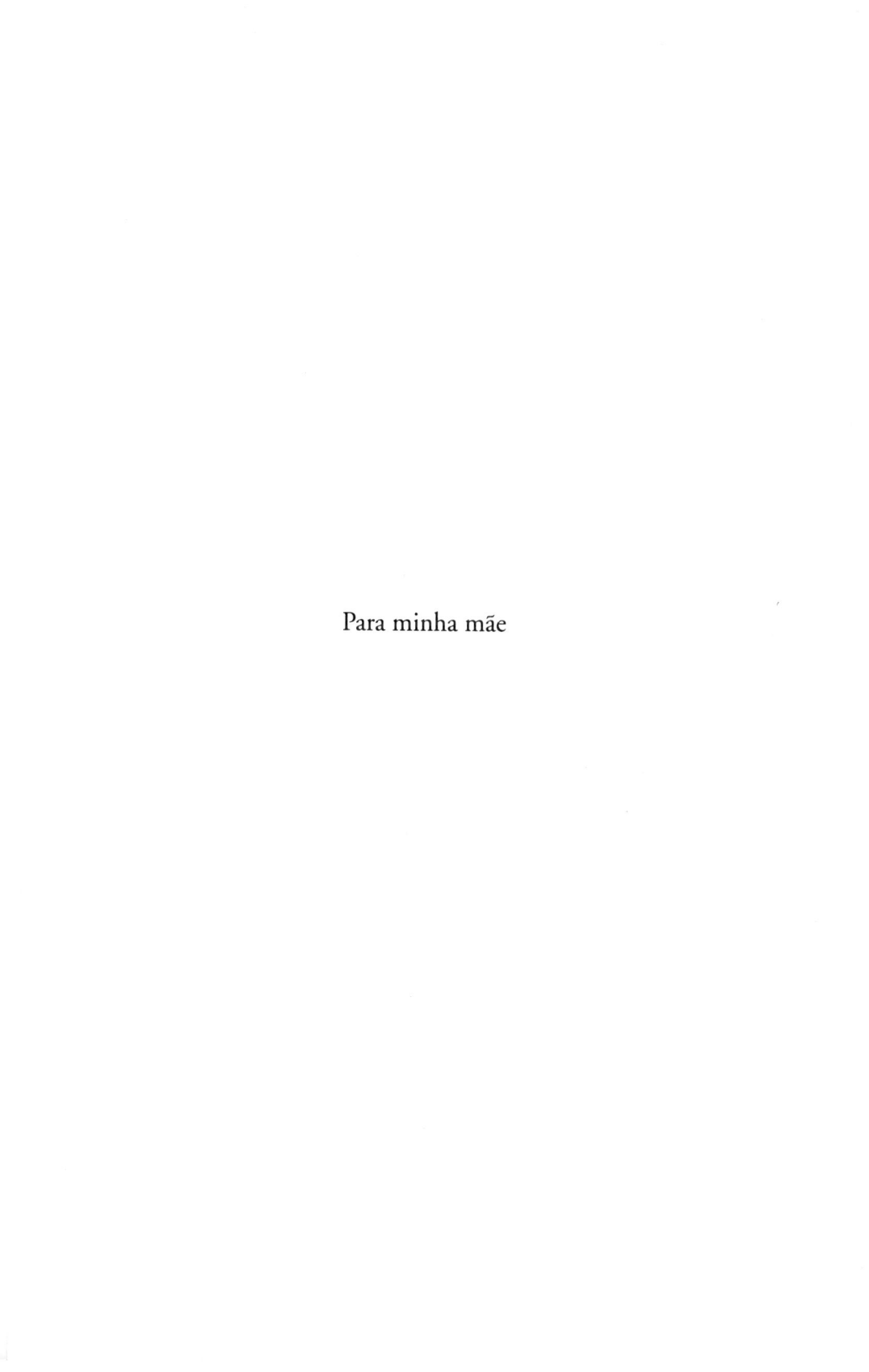

Parte I

Mike era, ao mesmo tempo, perturbado e privilegiado. Ele sabia que se você cresce com dinheiro, não pensa sobre ser rico e que provavelmente o mesmo se aplica à coragem. Mas se você cresce em meio a mentiras, descobre que algumas mentiras se tornam realidade. Sabia disso também, por isso não mentia. Exceto para si mesmo, sobre seus pais.

Eles eram marido e mulher, mas às vezes eram confundidos com irmãos. Poderiam ter sido talhados do mesmo pedaço de alabastro. Mike herdara deles a mesma superfície plana dos ossos da face, e ele amava essa característica de forma bastante consciente. Ambos eram também perturbados, e seus transtornos apressaram a infância de Mike. Ele os havia visto em sua pior forma, violentos e irracionais, nus em público, as feições lisas contorcidas. Em sua percepção de rapaz, entretanto, eles eram normais e decidira que apesar dos seus vícios e loucuras, ele os amava. E que a sua vida era só sua.

1

O VERÃO SE ARRASTA em direção a Mike quando ele emerge, de escada rolante, do metrô fresco para dentro do calor de Hong Kong. Ele é muito alto, parece deslocado enquanto cruza a rua lotada até a torre Taikoo, onde trabalha há seis meses. Mais parece um ano. A torre assoma sobre ele, trabalhadores silenciosos e tecnologia pulsante, um reino em si mesmo sobre as ruas de Hong Kong. Mike não gosta do arranha-céu — ele se tornou previsível —, mas é grato pelo ar-condicionado. Tudo funciona dentro da torre. Fora, não. Seu trabalho — seu estágio — é numa revista de notícias que ele nunca havia lido antes do voo de vinte e quatro horas de Nova York.

Mike tem diversos chefes na revista, mas o motivo pelo qual ele tem este emprego é o fato de o editor chefe, Elliot Analect, ser amigo de seu pai. Analect até parece com o seu pai, percebeu Mike quando eles apertaram as mãos. Todos aqueles caras se parecem, brancos, grandes, limpos e se conhecem há décadas. Eles fizeram parte do mesmo clube em Harvard, usavam as mesmas gravatas. E então foram para o Vietnã e quase todos retornaram. Mike não viu os amigos de seu pai com muita frequência durante sua infância e adolescência, mas desconfiava que sempre estiveram em contato. Então, quando chegou o momento do seu primeiro estágio, naquele verão após seu primeiro ano na universidade, Mike não ficou surpreso ao terminar trabalhando para Analect. Pelo menos o estágio era em Hong Kong e não no centro de Manhattan.

Como um estagiário de verão, Mike raramente deixa o escritório, passa seus dias surfando na internet. Ele faz pesquisas, a maior parte delas para Thomas Bishop, um dos correspondentes da revista. De sua sala, Mike consegue ver o escritório de Analect e, às vezes, observa o velho amigo de seu pai através das paredes de vidro, mas eles tiveram pouco contato após aquele aperto de mãos de boas-vindas. E o momento mais emocionante havia sido quando Analect falou com ele no corredor, prometendo levá-lo para almoçar no final do verão. Estranho, pensa Mike, e espera que haja mais coisas para ele fazer ali. Enquanto pesquisa na internet, pensa sobre pais e flhos e como a amizade não é, necessariamente, hereditária. Ele já vira isso acontecer com frequência entre seus amigos e seus pais.

Assim, Mike ficou feliz, embora bastante surpreso, quando recebeu a atribuição. Ele observava Analect novamente, e este estivera conversando com Bishop por quase dez minutos. Observava de perto através do vidro e pressentia que eles estivessem discutindo, então quando de repente Bishop se virou e abriu a porta, ele temeu ter sido pego. Mas então Bishop faz sinal para que ele entre no escritório e Analect pergunta se ele quer ir a Bangcoc "ajudar Tommy em uma reportagem".

Bishop assente silenciosamente para Mike. Ele é um homem baixo, com feições gordas e cabelos pretos prematuramente grisalhos.

— A matéria é sobre mochileiros adolescentes que vão a Bangcoc para usar ecstasy — diz Analect. — Só não seja preso.

— Ele não quer ter que soltá-lo da prisão — diz Bishop.

— Na verdade é apenas uma matéria sobre viagem, uma outra maneira de ver — continua Analect.

— Só uma matéria sobre viagem — repete Bishop, rindo.

— Você é da mesma idade desses garotos — prossegue Analect —, os mochileiros. Será bom ter você falando com eles. Faça perguntas. Pode ser a sua matéria também. E uma outra coisa que eu já expliquei para Tommy — Mike observa Bishop virando os olhos — é que quero que vocês procurem Christopher Dorr.

Mike não consegue reconhecer aquele nome.

— Ele costumava fazer muitas das matérias investigativas que Tommy faz agora — diz Analect, olhando diretamente para ele, parecendo quase ignorar Bishop. — Ele já está em Bangcoc há muito tempo, acho, e seria bom alguém da revista procurar por ele.

Mike tenta desvendar o pedido, mas não consegue. Novamente, Analect recomenda que ele fique fora de encrencas e que Bishop irá cuidar dele. Para Mike, parece que Bishop ficou feliz por ter ajuda, mas tem algo mais nessa história. Quando eles estão saindo do escritório, Analect diz para Mike que aguarde um momento, e quando ficam sozinhos, diz a Mike que Dorr tinha sido amigo de seu pai anos atrás. Que na verdade os três haviam sido bons amigos, praticamente irmãos, e que o pai de Mike ficaria feliz em ter notícias de Dorr.

Mike olha através das janelas. Pela primeira vez ele percebe como a vista do escritório de Analect é maravilhosa. É possível ver a cidade toda, enorme, fumacenta e pulsante. Por um momento, não acredita como os sons da cidade não se fazem ouvir através do vidro. Mas o escritório de Analect se localiza acima daquilo tudo, silencioso, o zunido fresco do ar-condicionado. De repente Mike se sente inquieto, apenas aquelas janelas entre eles e o espaço vazio acima da cidade. Ele olha para Analect, que está fazendo uma careta.

— Dorr e seu pai eram parceiros de luva quando lutavam boxe na faculdade — diz Analect.

Mike olha novamente para fora, para a cidade. Ele sabia sobre o boxe, mas seu pai jamais mencionara Dorr. Tudo aquilo o surpreende, mas talvez seja apenas o fato de ver suas próprias feições refletidas no vidro e a altura de cinquenta andares até o chão.

2

QUANDO MIKE era pequeno, seus pais recebiam amigos em casa com frequência. Em Nova York, em seu meio, eles eram famosos pelos jantares que organizavam em sua grande casa no final de Long Island, especialmente no Dia de Ação de Graças. Ele lembrava da luz de velas e do molho de Cranberry grudento nas suas mãos, que ele limpava nos cabelos. Lyle, seu irmão mais velho, lembrava das mesmas coisas. Havia empregados, que disciplinavam Mike por coisas que seus pais não faziam. Ele se lembrava particularmente de uma senhora filipina que dava tabefes em suas orelhas. Ele lembrava o quanto doía, mas não o nome dela. Seus pais organizaram esses jantares durante anos. Na maioria das vezes os convidados eram os mesmos. Eles brincavam com os cabelos de Mike, belos porém sujos de molho. Havia os filhos desses convidados, um grupo de crianças belas, porém mimadas que Mike achava que iria conhecer para sempre. Ele ainda via alguns deles em festas e jantares durante as suas próprias férias. Ouviu dizer que um ou dois entraram para o vício; lembrava deles correndo na cozinha de sua mãe. Sua mãe nunca estava na cozinha, mas era, sem dúvida, a cozinha dela. Havia pequenas pinturas de vegetais e um espelho antigo na parede.

Quando o jantar começava, as crianças iam para a sala de brinquedos e comiam com as babás. Eles se espalhavam pelos sofás pesados, assistindo a filmes até dormir e então as babás saíam para fumar. Lyle, em especial, amava esses jantares e aproveitava para conversar com todo mundo, permanecendo na sala de jantar em vez de assistir aos filmes com as demais crianças. Ele amava ouvir as conversas dos adultos. Mike também, mas sabia que não as entendia da mesma forma que seu irmão.

Os adultos sentavam, bebiam vinho, riam, sorriam uns para os outros à luz de velas. Muitos deles haviam formado família tardiamente, ou haviam sido casados anteriormente e agora começavam uma família nova. Os empregos eram interessantes, eles faziam muitas viagens. Havia muita conversa, e o que estava sempre implícito era como eles tinham sorte de ter a vida que tinham. Mike se lembra de todos serem muito felizes.

Antes de um desses jantares, Lyle e Mike decidiram que seriam espiões. Lyle ganhara naquele outono um pequeno gravador de aniversário, na verdade apenas um brinquedo. O plano deles era esconder o gravador debaixo da mesa e gravar a conversa dos adultos. Enquanto os empregados organizavam tudo, a mãe deles se arrumava no andar superior e o pai caminhava à beira-mar, eles executaram seu plano afixando o gravador com fita adesiva.

Enquanto os convidados chegavam e tomavam bebidas, os garotos se esgueiraram para debaixo da mesa e ligaram o gravador. Eles ficaram ansiosos durante todo o jantar, mas não contaram o que estavam tramando para nenhuma das outras crianças. Lá pela hora da sobremesa, Mike não aguentava mais esperar. Queria pegar o gravador. — Não — disse Lyle. — Eles ainda vão ficar lá um tempão. Vamos apenas olhar.

Enquanto eles espreitavam ao redor da mesa de jantar, Elliot Analect os avistou e entregou-lhes o gravador, que devia ter encontrado mais cedo, talvez assim que se sentou. Analect não era um convidado habitual desses jantares. Normalmente ele estava em algum lugar no exterior. Nessa ocasião, era correspondente no Leste da Ásia e o pai de Mike estava especialmente satisfeito por tê-lo em sua casa no Dia de Ação de Graças. A mãe de Mike não gostava de Analect. Ele não sabia disso da forma como Lyle sabia, mas também tinha esse pressentimento.

Quando Analect estendeu o gravador, Mike soube instantaneamente que eles estavam em encrenca. Viu a forma como os adultos riram, mas não achou engraçado. Um deles, um pouco mais bêbado que os demais e não um bom amigo de seus pais, estava até um pouco irritado. Mike lembrava que ele trabalhava para uma das redes de televisão. A mãe deles estava com vergonha e isso também sempre a deixava irritada. O pai de Mike chamou os garotos e tentou consertar as coisas dando um sermão neles na frente de todos, o que foi ao mesmo tempo engraçado e sério. Analect tirou a fita do gravador e guardou no bolso.

3

No voo de Hong Kong para Bangcoc, Mike pergunta a Bishop sobre Christopher Dorr.

— Um porra-louca — responde Bishop. — Ele venceu alguns prêmios. Então simplesmente parou de escrever matérias e o jornal parou de pagá-lo. Não vou mentir para você, eu nunca fui muito fã do cara.

Mike não sabe o que dizer.

— Analect foi quem o perdeu — prosseguiu Bishop. — Ele mesmo deveria ir checar Dorr.

Mike olha para fora da janela, para o mar azul-turquesa lá embaixo. Ele se pergunta se Analect falou com seu pai desde sua chegada a Hong Kong. Não, ou seu pai teria dito alguma coisa. Mas para falar a verdade, não tinham conversado muito desde que Mike partiu. Ele sabia que havia coisas sobre as quais seu pai nunca falava. Sua vida antes de ter filhos não era segredo, o assunto simplesmente nunca tinha vindo à tona. Mike achava que era porque seu pai não queria ter entrado para a área financeira, mas acabou entrando. Ele acha que se conversar com Dorr vai saber muito mais a respeito disso.

— Você não tem que se preocupar com Dorr — diz Bishop. — Encha seu caderno de depoimentos de mochileiros drogados e teremos uma semana em Bangcoc. Bancoc tem garotas bonitas. Você vai se dar bem.

Mike fica esperando Bishop dar mais detalhes sobre o que quer para a matéria, mas ele não fala nada, apenas dorme a maior parte da viagem de três horas. Ele olha para Bishop e pensa que se você dorme num avião e o avião cai, você fica sem ter certeza se está sonhando ou acordado até estar morto. Ele não está preocupado com os detalhes. Ele sabe que vai conseguir a informação de que precisa no momento certo. Bishop já havia dito que estaria tudo certo para eles por causa de alguns amigos dele que estavam baseados em Bangcoc.

— Você vai gostar deles — disse Bishop, e então chamou-os de "O Circo Voador".

Seguindo Bishop, Mike passa pela alfândega de Bangcoc com um visto de turista. O lugar é quente, mas as filas são curtas. Oficiais da alfândega com uniformes cor de lagarto carimbam os passaportes de pálidos americanos e europeus enquanto estes transpiram nas filas com suas camisas estampadas.

Quando passam pela alfândega, Bishop diz a ele que em Bangcoc é mais fácil ser jornalista quando você não é um jornalista. — Você vai entender o que quero dizer quando conhecer o Circo Voador — diz ele. — Eles se safam de tudo.

A caminho do hotel, Bishop diz a Mike para tirar a noite de folga, conhecer a cidade. Ele vai encontrar sua "melhor garota" e, na verdade, vai passar a maior parte do tempo com ela. Precisa de uma folga. Isso é bom para Mike porque ele vai fazer a maior parte da reportagem. É claro que no final Bishop é quem vai escrever a história, Mike tem apenas que conseguir as declarações dos drogados. Ambos terão uma semana em Bangcoc, e ele assegura a Mike que abaixo da linha "escrito por" estarão os nomes de ambos. — Será uma boa surpresa para Analect, mas você realmente terá que fazê-lo sozinho — diz Bishop. Mike sabe que Bishop vai abandoná-lo. Que se dane.

4

MIKE SABE QUE algo estranho e provavelmente ruim aconteceu naquele Dia de Ação de Graças. Todos foram para casa mais cedo do que de costume. Lyle estava péssimo, quase aos prantos e Mike tentou consolá-lo. Ele frequentemente achava que não enxergava os mesmos problemas que seu irmão.

Enquanto se deitavam no beliche aquela noite, Lyle na cama de cima, os meninos ouviram o barulho de uma discussão vinda do quarto dos pais, no final do corredor. Com o passar do tempo aqueles sons se tornariam tão frequentes, que Mike não se lembrava da época em que não existiam, mas aquela foi uma das primeiras vezes. Lyle desceu da cama para investigar. — Onde você está indo? — perguntou Mike, vendo as pernas do irmão balançando no escuro. Porém, Lyle não respondeu, apenas continuou rastejando pelo corredor e ficou ouvindo através da porta do quarto dos pais.

Mike puxou as cobertas, escondendo a cabeça e enrijeceu o corpinho. Então saiu da cama e também rastejou pelo corredor até o quarto dos pais. Ele viu Lyle, deitado no chão com o ouvido colado à parte de baixo da porta. Seus pais estavam gritando agora e suas vozes soavam muito altas ali no corredor. Mike se deitou ao lado de Lyle e tentou ouvir também, mas seu irmão o expulsou dali. — Vá para a cama — disse Lyle, no tom que seus pais frequentemente usavam para mandar os dois para a cama.

Mike não queria ir. Eles começaram a brigar, mas pararam quando ouviram a discussão se calar. Seus pais haviam ouvido. Lyle agarrou Mike e os dois correram de volta para a cama. Seus pais abriram a porta, mas não os pegaram. Mike esperou que o irmão pegasse no sono e então foi novamente escutar atrás da porta. Ele não sabia dizer sobre o que eles estavam conversando, mas escutou o nome de Analect. Depois daquela noite, ele sempre desconfiou um pouco de Analect, embora não soubesse dizer exatamente por quê.

5

O HOTEL É BRANCO com uma porta giratória. Fica espremido entre os albergues na Khao San Road. Enquanto faz o *check-in*, Mike escuta um inglês barrigudo descrevendo o hotel para sua esposa como "o melhor lugar para ver Bangcoc da rua". Mike duvida. Seu quarto é no terceiro andar, pequeno, com um chuveiro e televisão via satélite. Quando ele entra no quarto, a televisão exibe um jogo de beisebol. Ele olha através da janela, para a extensão da Khao San Road, vibrante no calor.

Em frente ao hotel há uma variedade de cafés. São todos diferentes, italianos, tailandeses, americanos, tanto faz, são na verdade todos iguais, como todo o resto na Khao San Road. Mike pensa que todos os mochileiros no Sudoeste da Ásia começam e terminam aqui. Ele se senta no café mais próximo ao hotel e pede uma cerveja; e um mochileiro sentado na mesa ao lado, enrolando os *dreadlocks* nos dedões com anéis, pergunta como ele está e se junta a ele.

— Beleza — diz Mike. — E você?

— Bem, exceto pelos tiras, que estão por toda a parte — diz Dreads.

Mike não viu nenhum tira, exceto organizando o tráfego.

— Você acabou de chegar aqui? — pergunta Dreads. Mike responde que sim, então Dreads faz um discurso de três minutos sobre as maravilhas da Tailândia. Ficar chapado nas praias, andar de elefantes no Norte, ficar chapado durante as viagens de elefante, dançar nos clubes. Isso é exatamente o que Analect disse que iria acontecer. É fácil para Mike falar com esse garoto, que fica se vangloriando da balada para a qual ele vai mais tarde, como qualquer drogado de classe média do seu país de origem, mas de alguma forma transformado pelo calor e pela distância num habitante legítimo desse estranho local. Mike pensa que é como se alguém tivesse jogado uma bomba tropical urbana no *shopping* por onde ele perambulava todos os dias.

— Quer ficar chapado? — pergunta ele para Mike.

Então Mike vai com ele para o Z Club e fica a noite toda, primeiro pensando se ele realmente está trabalhando ou apenas tomando mais uma cerveja verde. É uma boate, poderia ser em qualquer lugar, Londres, Paris ou Nova York, a cidade onde mora, mas ele não saberia dizer, pois não frequenta boates.

As luzes do estroboscópio iluminam os dançarinos com raios enevoados, europeus queimados de sol e africanos tão negros, que quase desaparecem no escuro. Mike se pergunta de onde são aquelas pessoas. É como se eles fossem da superfície do sol. Mike não dança. Ele fica no bar lotado, bebendo cervejas, e algumas vezes anda até a parede e se recosta, bebendo, observando os dançarinos sinuosos. Ele tenta sacar os sinais, sacar quem é turista e quem é habitante do local. É fácil. Os turistas falam com ele, pois ele se parece com eles. Um sul-africano relata como uma mulher jogou um dardo da boceta na noite anterior numa balada em Patpong.

Três neozelandesas pequenas puxam-no para um sofá e falam sobre como tudo na Tailândia é barato e como os tailandeses gostam quando estrangeiros vêm conversar com eles. No final, dizem que ele é uma graça e que irão procurar por ele quando forem a Nova York no fim das férias. A princípio Mike pensa que seria legal. Talvez ele queira transar com uma dessas garotas, ou até com todas ao mesmo tempo. Mas na verdade, não. Ele tem uma namorada, Jane, em Nova York, e isso já é complicação demais. Além do mais ele está trabalhando, não está?

6

NO PRIMEIRO ANO de faculdade Mike, às vezes, estudava em uma ala da Biblioteca Widner nomeada em homenagem a um historiador do século XIX, Robert Benson Ames. Esse nome não significava nada para Mike até Analect dizer para ele procurar por Christopher Dorr e Mike pesquisar sobre ele na internet, encontrando a informação de que o nome completo de Dorr é Christopher Ames Dorr. Mike se pergunta se os dois são parentes. Provavelmente, concluiu.

A ala Ames era supostamente assombrada, e havia uma tradição, na verdade uma piada, sobre entrar para a phi beta kappa[1], ou seja lá o que for, quando você transa lá enquanto é calouro. Quando Jane foi passar um longo fim de semana com ele naquele outono, mencionou isso para ela e ela respondeu que parecia ser uma boa tradição. Mike disse que só havia comentado porque achava ridículo, mas então ficou muito feliz quando Jane insistiu em conhecer a biblioteca. Afinal de contas, era bem antiga e bem famosa. Então, ela e Mike andaram pelas fileiras de livros, sussurrando enquanto os sensores de presença clicavam e acendiam

---

[1] Uma sociedade honorária fundada em 1776, cuja associação é baseada nas habilidades acadêmicas dos integrantes. (N.T.)

lâmpadas sobre as estantes de livros por onde eles passavam, até que encontraram um lugar.

Jane congelou no meio da transa. A luz na fileira ao lado ligou.

— Você ouviu isso? — sussurrou ela.

Mike ficou muito sério, quase como se realmente esperasse que alguma coisa fosse acontecer.

— Ouvi respiração — disse Jane. — Mas não ouvi o som de passos.

Ela manteve uma feição séria. Mike pensou que ela deveria estar mesmo com medo e se apressou em se vestir. Ele a pegou pela mão e começou a guiá-la para fora.

Quando eles andaram a distância de três fileiras sem dizer palavra, Jane não conseguiu mais se conter. Seu riso se ergueu no silêncio da biblioteca. — Eu sabia — disse ela. — Você pensou mesmo que poderia ser um fantasma.

Mas Jane não entende. Não é que Mike acredite em fantasmas, mas ele sabe que você pode ser assombrado.

7

LÁ PELA MEIA-NOITE, Dreads tem uma turma de mochileiros ao redor dele, os olhos lacrimejantes por causa do ecstasy. Mike os observa dançando, trombando uns com os outros, parando apenas para pegar garrafas d'água surradas das suas calças estilo pescador baratas, compradas na Khao San Road. Dreads está todo vestido com roupas compradas na Khao San. Mike não está mais muito a fim de conversar com Dreads. O que ele quer é encontrar Dorr. Quer impressionar Analect, não Bishop. Quer conhecer esse homem sobre o qual nunca ouviu falar e que lutava boxe com seu pai.

Às duas da manhã as luzes do estreboscópio param e os alto-falantes anunciam que é hora de ir embora. Isso é exatamente a história de Mike, mochileiros e como o governo está marcando em cima dos locais com ecstasy, instituindo o fechamento das boates às duas horas da madrugada. As pessoas começam a sair. Mike começa a sair também, mas Dreads lhe oferece outra cerveja e diz para ele relaxar. — Fique frio, cara. Eles vão nos prender por quê?

"Por serem idiotas", pensou Mike.

Os alto-falantes falam novamemte: — A polícia estará aqui em cinco minutos... — E então é uma confusão e todo mundo vai embora. Mike está cansado, mas Dreads diz que conhece um apartamento a alguns quarteirões dali. Dreads fica todo empolgado, falando sobre como o apartamento é como uma sociedade de mochileiros descolados onde sempre tem uma erva da boa. — Além do mais — explica ele —, sempre há garotas lá, garotas brancas, sabe? Não que as garotas tailandesas não sejam legais.

Mike olha para Dreads e sabe que ele tem medo das tailandesas.

Dreads segue falando sobre o apartamento e sobre o "coroa gente fina" que mora nele.

— E você devia ver a gata dele — diz Dreads enquanto caminham. — Uma gata mais velha, cabelos ruivos, muito gostosa.

Do lado de fora, Mike vê dois carros *monster sport*. Custavam cem mil dólares, 4 milhões de Baht, cor de bala, máquinas de velocidade. Os motoristas morenos com seus cabelos cheios de gel abrem as portas, e garotas brancas de cabelos loiros e corpos torneados entram. Mike não as viu lá dentro do clube. Provavelmente meninas ricas da Índia ou Bengala, de férias. Elas saem fazendo barulho, a toda velocidade para dentro da noite.

A caminhada até o apartamento é mais longa do que Mike esperava que fosse, e Dreads conversa durante todo o percurso, tirando onda falando sobre drogas. Como uma forma de experimento, Mike diz a ele que está escrevendo uma história sobre jovens que vêm para Bangcoc apenas para ficar chapados.

— Beleza — diz Dreads. — Você pode escrever sobre mim.

8

NO DIA ANTERIOR À sua partida para Hong Kong, Mike estava preocupado. Já fazia um dia e meio que seus pais não se falavam e de forma tão cruel, que ele ficou apreensivo sobre o futuro deles e da família. Ele estava muito ocupado para se preocupar, pois preocupar-se fazia com que ele ficasse mais lento, e achou mais útil pensar em dias melhores.

Ele pensou em sua mãe esquiando em Sun Valley, Idaho. Ela lançava flocos de neve no ar quando descia a montanha na frente de Mike a toda velocidade. Ela era uma bela esquiadora. Ele viu os homens admirando-a em seu traje amarelo quando ela passou por eles e sentiu-se orgulhoso dela. Ela encorajava os filhos a descer a rampa a toda velocidade. — Por que virar? — ela gostava de dizer.

O pai deles perguntou a ela em particular se ela era louca. — Eles vão se machucar — disse ele. — Já são frenéticos por natureza. — Mas ela não deu atenção e disse aos garotos de forma bastante teatral que eles deveriam esquiar como jovens deuses competindo nos céus. Mike e Lyle eram mais ou menos invencíveis na montanha, e eles desciam a toda desviando dos pinheiros e até inventaram um caminho fora das trilhas na parte de trás da montanha. Eles se apelidaram de "jovens deuses botando pra quebrar".

No ano seguinte seu pai se machucou numa pista de nível intermediário na gelada manhã do terceiro dia de viagem. Apenas Mike o viu cair, quebrando o braço naquele tipo de queda surpreendente que um atleta sofre aos cinquenta. Depois disso, nunca mais pensou sobre si mesmo como um jovem deus competindo pelos céus, mas apenas como alguém muitos anos mais jovem que seu pai. Simplesmente muito jovem. Isso acontecia bastante quando Mike começava a se lembrar do tempo que passava com o pai quando era criança.

9

MIKE SEGUE DREADS por uma escadaria estreita. O apartamento fica num prédio de pintura descascada sobre um *cybercafé*. Dreads bate na porta e se identifica. A tranca soa antes que a porta se abra. Há um amontoado de mochileiros lá dentro e Mike tem que pular os grupinhos no chão.

— Bem-vindo — diz alguém com sotaque australiano.

Muitos dos jovens olham para Mike, todos de *piercing* e um pouco maltrapilhos, mas ocidentais demais para serem maltrapilhos de verdade. Eles se espalham pelo chão ou sentam-se em bancos de madeira encostados nas paredes, como uma plateia. O australiano se senta numa almofada no meio da sala. Ele tem os cabelos grisalhos e crespos e usa um colete sem camisa, várias correntes ao redor do pescoço. Ele tem pelo menos o dobro da idade da maioria daqueles garotos, e a Mike parece que ele se movimenta como um encantador de serpentes. Ele tem um cigarro de maconha nas mãos.

— Mike — diz Dreads, movimentando o braço em direção ao australiano. — Este é o famoso Hardy.

— Então, o que o traz a Bangcoc e você quer um tapinha? — pergunta Hardy.

— Estou bem, obrigado — responde Mike.

— Ele é um repórter — diz Dreads.

"Idiota", pensa Mike, mas ele percebe que alguns dos mochileiros ficam mais interessados.

— Bom, não há muita coisa rolando por aqui — diz Hardy, calmamente, tirando um sutiã de baixo da almofada. Ele começa a brincar com a peça, o cigarro ainda na boca.

— Trabalho para uma revista de viagem — diz Mike. — A matéria é apenas sobre férias, na verdade.

— Com certeza.

Mike assente com a cabeça e Hardy olha para ele sério e diz:

— Você sabia que tem um médico na Califórnia que tem a cura para o câncer?

Mike não fala nada, e uma garota com uma bandana de pirata que Hardy chama de Lucy, se levanta do aglomerado de mochileiros no chão e caminha por entre uma cortina de contas até a cozinha. Mike toma o cuidado de não a observar demais, as pernas bronzeadas aparecendo pelo *jeans* rasgado.

— Apenas recentemente começamos a ter câncer — prosseguiu Hardy. — Foram vocês, americanos, com a mania de tratar tudo. Mas esse negócio... — Lucy Longas Pernas retorna com uma tigela de *noodles* e dois pares de palitinhos e se senta entre as pernas de Hardy. — ... esse negócio é o mais orgânico que se pode conseguir.

Mike pergunta a ele há quanto tempo ele está em Bangcoc, e Hardy enrola as pernas nas de Lucy Longas Pernas e larga o baseado.

— Ele está aqui há vinte e dois anos — interrompe Dreads.

— Não confio em nenhum filho da puta nessa cidade inteira — diz Hardy com a boca cheia de macarrão. — Nunca confiei.

Mike pergunta se Hardy pode indicar um lugar onde ele possa descolar algumas pílulas. Para a matéria de viagem. Ele não quer as pílulas, quer apenas perguntar por elas.

— Sem problemas, algumas pílulas — diz Hardy e coça o saco antes de continuar. — E o que você acha de uma garota? Local, uma verdadeira experiência tailandesa. Tenho a garota certa para você.

— Não, obrigado — responde Mike, notando que Hardy está enrolando a língua. Ele se pergunta quão chapado está o cara.

— É mesmo, uma garota pode ser um problemão — continua Hardy. — Ela tem você na palma da mão porque você quer comê-la, por isso te droga e rouba sua grana ou então está de armação com algum tira e eles dois acabam com você. Aconteceu comigo três ou quatro vezes, mas já estou nessa há vinte e dois anos.

— Os tiras estavam indo para o clube, por isso tivemos que sair — fala Dreads.

Hardy assente com a cabeça. — Eles fecham as portas e fazem você mijar num copinho — diz ele. — As coisas já não são as mesmas aqui, como eram nos velhos tempos.

Mike olha para Hardy e pensa como ele nunca quer ter *velhos tempos*. Mas... pois é — diz ele —, estou à procura do amigo de um amigo que estava aqui há um tempo. O nome dele é Christopher Dorr, um repórter americano. Ele supostamente vive em algum lugar em Bangcoc.

— Dorr, sei, não posso dizer que o conheço pessoalmente. — Hardy dá uma tragada no baseado. — Mas reconheço que já ouvi falar dele algumas vezes. — E de novo ele solta a fumaça. — Todo cara que você conhece parece estar atrás do contato dele, não é? A gente ouve muitas histórias por aí.

— Pode crer — diz Dreads.

— Caras há muito dados como perdidos, mas que fugiram — diz Hardy, sorrindo.

— Fugiram? — pergunta Mike.

— Como eu — diz Hardy, roncando. — Saí da jogada e agora queimo erva — ele traga o baseado com vontade e o joga para cima, fumaçando, depois pega com a boca. Os mochileiros quase aplaudem. Hardy engole.

"Maluco demais", pensa Mike. Ele olha para Hardy e decide que este está muito chapado, mas não necessariamente por causa do baseado.

— A cada espaço de tempo existem na terra uns cinquenta homens justos. Estes homens justos não sabem, mas se não fosse por eles, Deus mandaria o planeta inteiro para o inferno. E a parada é que logo que um deles descobre que é um dos escolhidos, ele morre e alguma outra pessoa, outra alma justa ocupa o seu lugar.

Os mochileiros ficam cativados. Lucy Longas Pernas é indulgente, mas interrompe. — Vocês querem ver um filme? — Lucy Longas Pernas se levanta do colo de Hardy e começa a procurar dentro de um armário.

Os mochileiros aprovam com excitação, e Hardy escolhe *Casablanca* para assistirem na pequena televisão no canto da sala. Mike se encosta contra a parede, algumas vezes olhando para o filme, mas a maior parte do tempo olhando para Lucy Longas Pernas, enquanto ela assente com a cabeça sentada no colo de Hardy, dedilhando as correntes ao redor do pescoço dele. Mechas loiras escapam de sua bandana estilo Jolly Roger[2] e algumas tatuagens se fazem ver no seu tornozelo. Ela perece ser bastante jovem. Mike espera cruzar com Lucy Longas Pernas em alguma outra oportunidade.

---

[2] Jolly Roger, típica bandeira pirata, sobretudo a preta com uma caveira branca e dois ossos cruzados. (N. da T.)

10

O PAI E A MÃE DE MIKE, Elliot Analect, Dorr e a irmã gêmea dele eram estudantes de Harvard quando se conheceram. Os três rapazes eram colegas de quarto, mas dividiam mais do que apenas o mesmo endereço. Todos eles queriam ser escritores e eram muito competitivos, especialmente o pai de Mike e Dorr. Como calouros, todos os três ficaram famosos por dirigirem o velho Chevy 1953 conversível de Dorr até o Rio Charles congelado, passando pela casa dos barcos onde o baile Radcliffe de inverno estava acontecendo. A lenda é que eles abaixaram a capota do conversível assim que entraram no campo de visão da festa, logo antes de o carro abrir caminho através do gelo. A brincadeira com a morte ficou famosa pela sorte deles de abaixarem a capota bem a tempo.

Isso era difícil de bater, mas se seguiram muitas aventuras daquelas que criam celebridades no *campus* de lugares como Harvard. Os garotos Holworthy, como eram chamados por causa do Holworthy Hall, o dormitório deles enquanto calouros, ficaram muito unidos durante os quatro anos de universidade. No final, eles eram como irmãos.

O pai de Mike e Dorr frequentemente lutavam boxe à noite e depois saíam para tomar um drinque ou vários. Dorr era um orador maravilhoso e um bom lutador de boxe. Essas sessões de luta e bebedeira eram os momentos favoritos do pai de Mike. Dorr tinha esquemas, lugares para ir, mulheres com quem transar. Ele era exuberante e frequentemente estava bêbado, e o pai de Mike o invejava pela forma como parecia que ele não pensava muito em nada. Dorr também o transformou num fumante inveterado.

Analect não era tão próximo como os outros dois. Ele não bebia tanto quanto eles e não lutava boxe. Diferentemente do pai de Mike e Dorr, ele havia sido criado por ambos os pais. Ele era a terceira geração a estudar em Harvard, e aos dezoito anos já era muito bom em não se meter em encrenca, o que muitas vezes evitou a expulsão do pai de Mike e de Dorr. Pensando no assunto, Analect achou que era uma troca que ele estava disposto a fazer. Dois pais de verdade por dois irmãos de mentira.

11

O FILME ACABA TARDE, e o sol da manhã começa a entrar pelas persianas. Mike agradece a hospitalidade para uma plateia inconsciente e vai até a porta se desviando dos mochileiros no chão.

Quando ele a abre, um tailandês a está abrindo pelo outro lado. Mike se desculpa em tailandês e segue seu caminho. O homem fica parado na porta e pega no bolso do *jeans* um pequeno pacote enrolado com elásticos e o cola na testa de Hardy, que está dormindo. O homem dá uma risada estridente e segue Mike escada abaixo antes que Hardy registre o acontecido.

Na rua, Mike fica se perguntando onde deve ir para pegar um táxi. O tailandês anda rapidamente em direção a uma moto estacionada, vira-se e o chama.

— Táxi? Táxi! Barato.

O tailandês está usando uma jaqueta azul com um número e uma propaganda do serviço de táxi. Seus movimentos são rápidos e desajeitados enquanto ele sinaliza para Mike subir na moto atrás dele.

— Quanto? — pergunta Mike ao se aproximar da moto.

— 120 — o tailandês se movimenta no banco.

Quanto será isso?, se pergunta Mike. Tanto faz. — Claro — diz ele. É o equivalente a mais ou menos três dólares. Mike sobe na moto.

O motociclista oferece um capacete para Mike, que o recusa e então eles seguem. Mike é grato por ter onde se segurar nos lados da moto, assim não tem que se segurar no motociclista. A moto voa e desvia dos carros nas avenidas largas, deixando uma trilha de fumaça e balançando para os lados quando passam pelas vielas.

Eles se juntam a outras motos no primeiro sinal de trânsito que fica vermelho. Mike olha para a moto do lado e vê uma garota tailandesa. Ela veste uma calça branca e camiseta e seus cabelos negros reluzem por entre seus ombros. Suas feições são escuras e limpas como chá. Ela segura algo, mas Mike não consegue ver o que é.

De repente a garota percebe Mike a observá-la e sorri timidamente, um sorriso que o surpreende e o faz virar a cabeça para encarar a frente. O sinal de trânsito fica verde e a garota sai a toda velocidade, os cabelos esvoaçantes, liderando as demais motos. Quando o motociclista se aproxima dela novamente, Mike consegue ver que ela está segurando um bebê moreno pelado.

Quando Mike olha para o bebê, se distrai e não vê a colisão prestes a acontecer.

O motociclista está a toda. Mike nunca andou numa moto como esta antes. É bem mais veloz do que ele imaginava. E então logo que a derrapagem começa, Mike percebe o que o deixou nervoso com relação ao motociclista. Os olhos dele. O motociclista está drogado.

Mike tenta se virar na direção da derrapagem, ou para longe dela, ele não sabe, apenas tenta fazer alguma força para evitá-la. A moto quase raspa a perna dele no cimento, um corte fino como lâmina e a dor é lancinante. Mike quer desligar tudo aquilo, como um rádio. Buzinas soam, carros passam zunindo e desviando deles. A mente de Mike ricocheteia entre baterem no carro de que eles acabaram de desviar ou serem atingidos por outro. Ele range os dentes e agarra firme na moto. É o fim, pensa ele, pela primeira vez na vida. E é uma conclusão repugnante, ele sente uma forte náusea, talvez a morte voando por baixo dele. E então tudo para.

Do outro lado do cruzamento, o motociclista olha para os lados como se tivesse perdido alguma coisa. Ele está falando consigo mesmo em tailandês e tudo o que Mike consegue dizer para ele, dando-lhe uns tapinhas no ombro é: — Khao San Road?

Eles seguem novamente, e olhando para sua perna, Mike vê que de fato sofreu uma raladura e há sangue descendo pelos seus tornozelos.

O hotel de Mike é logo aqui ou do outro lado da rua. A cabeça está leve pelas aventuras da noite, o perigo passou. Ele pode olhar para qualquer um nos olhos e dizer: — Eu saí. Eu estava fazendo alguma coisa. Eu não fiquei simplesmente no meu quarto assistindo televisão como eu queria. Eu não cruzei a rua simplesmente e fiquei bebendo cerveja até ter sono. Eu não conversei com mochileiros e simplesmente visitei um templo a alguns minutos do hotel. Eu fui à caça. Eu conversei com Hardy e vi Lucy Longas Pernas e quase morri numa motocicleta. Eu fui.

O hotel está logo à frente dele.

12

— NÃO ESQUEÇA — DIZ O PAI de Mike a caminho do aeroporto — que Hong Kong está a apenas dezoito horas de distância.

Mike bebeu uma cerveja com os pais no bar vazio do aeroporto. A mãe de Mike disse que o tempo sempre parece parar para ela nos aeroportos. Tempo e espaço, disse ele, são um *continuum*. Isso não é espaço, continuou ela, passando o braço pelo balcão de plástico, por isso não há tempo.

O pai de Mike virou os olhos. Mike sorriu e bebericou a cerveja, mas pensou em todos os aviões que a mãe perdeu. Quando ela pediu *shots* de tequila ele disse que queria ir para o portão, muito embora houvesse ainda bastante tempo. Ele apertou a mão do pai e beijou a mãe no rosto, prometendo ficar em contato. Eles disseram para que ele não se preocupase com isso. — Ficaremos bem — respondeu a mãe.

— Lembranças a Analect — falou o pai.

Mike andou em direção ao portão. Olhando por cima dos ombros, pôde ver os pais no bar. Pareciam ridículos, ainda sem se falar. O atendente do bar colocou dois *shots* de tequila na fente deles e Mike viu sua mãe pegar um deles e tomar de uma só vez. A cabeça pendeu para trás rapidamente, como se alguém tivesse dado um murro nela. Ele nunca havia visto a mãe tomar um *shot* antes, e naquele momento ele pensou em todos os colegas bêbados da escola, suando e com os rostos vermelhos, tomando um *shot* atrás do outro nas mesas do dormitório.

A mãe dele olhou para o pai e para o *shot* intacto na frente dele. Ele não olhou para ela. Então ela pegou o outro *shot* e o tomou num só gole, longo e lento. Mike viu a mãe chamar o atendente do bar novamente.

13

MIKE ACORDA QUANDO O SOL está se pondo e olha para o céu da tarde, vermelho e espesso através da janela. Ele sente vontade de devorar as barras de chocolate que estão no minibar, mas sabe que isso ficaria registrado na conta que seria entregue à revista e ele não quer que todos pensem que ele ficou preso no quarto de hotel.

Vai até o café do outro lado da rua e toma um café da manhã tardio, composto de rolinhos de vegetais e macarrão *noodles* com uma francesa que salta de paraquedas e vem se sentar perto dele.

— Estou indo embora dentro de alguns dias.

— Para onde você vai?

Ela está seguindo para o Norte, Xangai, para velejar ou saltar de paraquedas e acima de tudo para se chapar. Eles fumam uns cigarros juntos e bebem café.

— Conheço alguns bares legais por aqui — diz ela.

Mike quer ir com ela a algum dos bares e contar a história da noite passada. Ele está quase sugerindo que eles façam isso, que eles vão para um bar, quando ela diz que a Tailândia expandiu sua consciência e a trouxe para mais perto de Deus. Não realmente Deus, mas o pleno estado de ser orgânico. Ela pode até sentir a aura se expandindo nesse exato momento.

Mike volta para o quarto e escreve isso no seu caderno. Ele percebe que Bangcoc provavelmente é cheia de gente desse tipo.

Não há mensagem alguma para Mike em seu celular nem no telefone do hotel, nada de Bishop. Ele quer contar para Bishop sobre sua noite com os mochileiros, e como, talvez, Hardy seja o centro da história. Mas Bishop não está no seu quarto. Mike bate à porta e espera e bate por cinco minutos para ter certeza.

Isso não é nenhuma surpresa, pensa Mike enquanto caminha de volta para o saguão do hotel. Bishop disse que iria recuperar o tempo perdido com sua garota. Mike pensa que ela deve ser tailandesa. Imagina uma mulher escolhendo seu melhor vestido amarelo e batom vermelho e andando rapidamente em sapatos brancos de salto alto para encontrar com Bishop num bar para onde ele foi logo após deixar Mike no hotel. Talvez eles conheçam bem Bangcoc e a amem juntos, fazendo longas caminhadas pelas ruas que cheiram a amendoim e fumaça doce. Mas Mike sabe, pela forma como Bishop disse "melhor garota", que não é nada disso. Mike espera que a mulher de vestido amarelo faça uma boa grana, seja ela quem for. É nisso que Mike pensa enquanto cruza a Khao San Road.

A Khao é cheia, sempre. É cheia de *farangs*. É famosa por isso.

— Um *farang*, Bishop dissera para ele — é um caucasiano. Especialmente como você.

Mike não tem fome alguma, mas apenas para fazer alguma coisa ele pede um prato de macarrão *noodles* de uma vendedora de rua e observa a moça quebrar o ovo dentro da água fervente. Bishop o havia alertado sobre os *noodles* vendidos na rua. Às vezes eles te pegam, às vezes não, disse ele, pode levar uns dois dias. Mas é assim que Bangcoc é, ela te pega furtivamente.

Atrás da vendedora de rua, os motoristas das mototáxis fumam, descansam e olham para os mochileiros idiotas comprando roupas baratas. Próximo às mototáxis, um senhor está sentado num cavalete, como um velho pintor deve sentar às margens do East River, em Nova York. Ele está forjando identidades falsas. Não são carteiras de motorista falsas, como os amigos de Mike compram para poderem beber cerveja. Aqui, os documentos falsos são carteiras estudantis internacionais e mesmo passaportes, documentos para ter descontos ou para passar pelas barreiras alfandegárias ao Norte. Muito malfeitas. Mike percebe, quando a mulher lhe entrega os *noodles*, que deveria ter checado se havia algum recado para ele na recepção do hotel. Ele termina de comer os *noodles* antes de chegar ao hotel.

O saguão está vazio e seus sapatos fazem um som alto contra o piso de madeira. Ele pergunta às duas belas atendentes tailandesas atrás do balcão se existem mensagens para ele.

— Não, não, sinto muito.

— Você tem certeza?

— Não, não, sinto muito. — As garotas são mais ou menos da mesma idade de Mike e sorriem para ele sem ajudá-lo. Ele sabe que elas vão começar a fofocar assim que ele se virar para ir embora.

— E quanto ao meu amigo, Sr. Bishop?

— Oh, sinto muito. Não podemos divulgar mensagens de outros hóspedes.

Mike sabe o que tem que fazer e dá um sorriso enorme, mas triste.

— Mas ele é o meu chefe e eu fiquei encarregado de organizar a reunião para ele, e as pessoas que enviaram a mensagem não sabiam o meu nome.

As garotas sorriem e soltam uma risada. Esse *farang* pode trazer problemas. Mas ele é uma graça e talvez dê uma boa gorjeta. Elas mostram o fax que chegou para o Sr. Bishop.

A mensagem diz: "44 Bar em Soi 4 Silom 9:00 você me deve — MB".

Mike sente um certo pavor ao imaginar-se transmitindo este endereço para qualquer motorista que conseguir encontrar e imagina o que é devido.

14

O AVÔ DE MIKE morreu na Segunda Guerra Mundial, deixando como único herdeiro de uma empresa de importação e exportação de São Francisco o seu pai. A família achava que a avó não era capacitada para o negócio, e que o filho perdido teria assumido com certeza, se não tivesse morrido na praia em Iowa Jima. Ela havia criado o pai de Mike em pé de guerra com a família na grande casa deles em Pacifc Heights, e o pai de Mike estava aliviado por sair de casa para ir para a faculdade.

A mãe de Mike era de Nova York. Eles se conheceram no primeiro dia de aula e todos diziam que se pareciam. O pai dela era um vereador cujas raízes na política da cidade se estendiam até Tammany Hall.[3] Ela herdara a habilidade de conversar com qualquer pessoa fazendo com que esta se sentisse a única no ambiente. Ela se formou como uma das primeiras da classe do colégio Stuyvesant.

Dorr e sua irmã eram os exóticos. Eles foram criados como católicos em Nova Orleans e ficaram órfãos aos doze anos. Seus

---

[3] A Tammany Hall foi uma sociedade política, formada por membros do Partido Democrata dos Estados Unidos, que dominou o governo municipal da cidade de Nova York entre 1854 e 1934, quando Fiorello LaGuardia, do Partido Republicano, foi eleito prefeito da cidade. A sociedade foi fundada em 1786 e deixou de existir na década de 1960. (N.T.)

pais morreram num incêndio que Dorr dizia, quando falava algo sobre o assunto, tinha sido ateado pelos espíritos dos escravos. Desde então eles viveram com uma tia viúva e eram muito ligados, mas nunca com a sugestão de incesto. Uma poupança pagou os estudos em Harvard.

Havia sido ideia de Analect que os cinco se juntassem aos domingos para um *brunch*.[4] A tradição começou no final do primeiro ano de faculdade. A piada era que ele vivia para comer sua omelete feita com dois ovos e para ter dois pares de gêmeos. Todos bebiam Bloody Mary. Muitas das coisas que eles acabavam fazendo eram ideia de Analect.

---

[4] Refeição que junta café da manhã e almoço (N. da T).

15

MIKE TORCE PARA QUE Bishop apareça, mas sabe que ele não o fará. Ele espera mesmo assim, sentado no café em fente ao hotel. Pede uma coca-cola atrás da outra. Elas são servidas em garrafas de vidro altas e finas, diferentemente de nos Estados Unidos, e tenta se acalmar. Enquanto observa o hotel, esperando ver Bishop entrar ou sair, ele pensa em Christopher Dorr. Inventa histórias sobre ele, na verdade.

Talvez Dorr fosse um espião, disfarçado de jornalista, mas trabalhasse para o governo, colocando escutas em quartos de hotel, assassinando déspotas, ferrando com diplomatas. Coisas desse tipo. Ou talvez ele tenha sido consumido pelas próprias coisas que escreveu e não podia mais se dedicar ao jornalismo, levantando todos os dias de manhã cedo, datilografando em alguma máquina de ferro num terraço cheio de plantas. Por que não? Sua matéria no *Wa* tinha ido muito além do jornalismo. Ou talvez ele tenha finalmente decidido que era uma mulher e estava nesse exato momento num clube em patpong usando salto alto e maquiagem lilás. Tanto faz. Mike encontraria seu corpo, cheio de balas, num banheiro ensanguentado e teria que ir atrás dos assassinos. Talvez ele tivesse se casado com alguma viúva de um rico traficante de drogas e passasse os dias assistindo filmes numa sala acarpetada com seus jovens enteados, e Analect e todo o resto que fosse para o inferno. Esses seus pensamentos, com certeza, eram bobagem.

Analect dissera que ele, o pai de Mike e Dorr tinham sido como irmãos no passado, mas o pai de Mike jamais dissera nada a esse respeito. Mike pensa sobre isso. Por que seu pai jamais dissera nada? Ele sempre falava sobre Analect numa boa. Talvez eles tivessem brigado. Mike imagina os três bêbados e discutindo por nada, como acontece com alguns dos tolos que frequentam a mesma universidade que ele. A discussão fica tão quente, que eles nem se lembram do acontecido, mas também não conseguem perdoar uns aos outros na manhã seguinte. A discussão é sobre dinheiro, mulher, Deus, arte ou esportes, mas o motivo real é saber quem deles é o melhor porque todos sabem que um deles o é, mas ainda não sabem quem.

Talvez nada disso seja importante. Talvez eles não tenham mesmo sido como irmãos, e Analect apenas disse que sim. Ou talvez a irmandade seja algo completamente volátil, já que a deles se dissipou no ar como fumaça atrás de jatos e buquês de casamento jogados para o alto. Mike não sabe.

Já são oito horas da noite quando Mike liga novamente para o celular de Bishop e deixa outra mensagem, mas ainda não há sinal dele. Está tão quente, mesmo com a brisa da noite, que Mike está suando através da camisa e ele sabe que terá que ir ao bar sozinho.

A Soi é uma rua da qual Mike acha que se lembra, mas ainda não consegue ter noção de distância em Bangcoc. As mototáxis estão lá, práticas. Mas talvez ele devesse caminhar e procurar um táxi mais no final da rua. Não, decide ele, qual a probabilidade de duas quedas de moto? Ele se aproxima do grupo de motociclistas e mostra o endereço a um deles. Quando ele olha para o papel, Mike percebe que não sabe ler.

— Soi quatro, Silom — diz Mike, e o motociclista assente vigorosamente. Mike olha nos olhos dele talvez por muito tempo, deixando o cara um pouco temeroso, mas ele tem que ter certeza.

E então a maravilha de uma volta de moto por Bangcoc com um motorista sóbrio. Mike vira o corpo acompanhando as curvas feitas pela moto, olhando a cidade passando por ele. Em uma vizinhança, homens carecas trajando robes vermelhos. Budistas. Mas saindo à noite?

Talvez Dorr tenha se tornado um monge, solitário mesmo entre os outros de robes vermelhos, marchando para uma casa de oração na hora de dormir num tapetinho amarelo. Mike deseja poder ficar na moto durante toda a noite e todo o dia, sem nunca ter que falar com ninguém, apenas absorver tudo aquilo em alta velocidade. Se ele pudesse apenas ver tudo aquilo em movimento, pensa, poderia ter o *insight* sem o medo, a viagem sem o nervosismo.

A história sem o trabalho. Ele se pergunta se Analect sabia que isso iria acontecer.

Mike chega à Silom Road em vinte minutos. São apenas oito e meia da noite e ele não quer chegar cedo demais. Então, ao passar a perna para sair da moto Mike escuta um barulho de rasgo.

"Ha", o motociclista aponta para a perna das calças de Mike, rasgada, quando ele paga pela corrida. Mike balança a cabeça e ri, mas ele na verdade está pensando — Puta merda! — porque acabou de rasgar suas calças cáqui sem pregas, que custaram uma nota em Nova York, bem no gancho. Seu pai havia lhe dado aquelas calças.

Mike olha de um lado a outro da Silom Road, vê Soi 4 e anda pela rua pequena à procura de algum prédio com numeração. Onde ficará o 44? Ele não consegue achar, mas então, no final da rua, vê um letreiro escrito .44.Bar. O .44 Bar.[5] Como uma arma. Bom.

Para matar o tempo, ele anda novamente até a Silom Road à procura de calças novas nas barracas que se enfileiram nas calçadas.

---

[5] .44 se referindo a 44 milímetros, como uma arma (N. da T.).

É difícil andar no meio da multidão. Ele não está procurando por calças, na verdade. Ele está procurando pela versão de si mesmo que não chega cedo demais.

Ele vai de barraca em barraca e... ou as calças têm uma cor feia ou um corte ruim ou ficam acima dos tornozelos, tipo calça de pescador. Roupas baratas. Uma mulher o olha nos olhos e aponta para um monte de anéis de metal num fio. Eles têm desenhos, como os anéis que Dreads usava no dedão. Talvez ninguém note suas calças rasgadas.

Mike decide que quer uma cerveja, e para o inferno com não querer chegar cedo demais com as calças rasgadas.

16

A PRIMEIRA CONVERSA SÉRIA que Mike recorda ter tido com a mãe foi sobre ambição. Antes disso, havia apenas o ruído de infância, mas essa conversa significou para ele um tipo de marco. Mike estava no sexto ano e havia tirado nota baixa num teste de latim naquele dia, e ele nunca havia tirado nota baixa antes. Ele havia chorado sozinho antes do jantar, extremamente frustrado e sua mãe o surpreendeu em meio ao choro e o levou para sair, numa expedição; dissera ela, para acalmá-lo, assim ele não iria se torturar demais do jeito que Lyle sempre fazia. Lyle ficava doente, disse ela, fazendo os trabalhos da escola. Ela estava determinada a fazer com que o segundo filho fosse menos duro consigo mesmo.

— Não posso deixar a mesma coisa acontecer duas vezes — dissera ela ao pai dele.

— Não pense demais — dissera ele por sobre os ombros enquanto carregava a máquina de lavar louças. Isso a deixou furiosa, e ela saiu batendo a porta. Ele terminou o que estava fazendo e foi dar uma olhada em Lyle, que estava debruçado sobre o dever de trigonometria como um gavião sobre sua presa.

Mike e a mãe sentaram, ouvindo um quarteto de *jazz*, no plaza no World Trade Center. Ela disse que o tempo, que estava claro e azul, fazia com que ela quisesse voar e ver seu reflexo nas vidraças de cima do prédio enquanto escutava o *bebop*. Ela odiava voar, mas agora dizia que queria.

Isso não alegrou Mike. Ele ainda estava enfezado. Então ela descreveu para ele como todas as pessoas cometiam erros às vezes. Ela apontou para os músicos.

— Isso é o que é a improvisação — disse ela —, uma série de trocas de erros. Ninguém nunca acerta. Você acha que acertou uma coisa e então percebe que se esqueceu de outra. Você acha que estudou o bastante e então descobre que não.

— Lyle nunca tira notas baixas — Mike ainda estava frustrado. — Você já? E o papai?

— Seu pai não está sempre certo — disse ela sem realmente querer dizer. — E nem Lyle — juntou ela rapidamente. Mas Mike escutou o que ela disse primeiro, e isso foi parte do que o marcou.

— Não sei por que, Mike, mas a maioria das pessoas, a maior parte do tempo, falha. Ninguém tem tudo o que quer. No começo, todos acham que conseguirão tudo o que querem, mas então não conseguem. Normalmente, não têm dinheiro o suficiente, então não são livres. Às vezes têm o dinheiro, mas isso não importa, pois não têm o sucesso na carreira que deveriam ter. Ou que acham que deveriam ter.

Mike percebeu que ela não estava falando sobre ele ou o teste, ela estava falando de outra coisa completamente diferente. Ele a interrompeu.

— *O di immortales! In qua urbe vivimmus? Quam civitatem habemus?* — disse ele.

— O quê?

— Estava no meu teste hoje. Foi a única coisa que acertei.

— E o que quer dizer?

— Ó deuses imortais, em que cidade vivemos? Que sociedade temos?

Ela olhou para o filho, enfezado, sentado no banco ao lado dela, e começou a chorar.

— Tudo bem pelo teste — disse Mike. — Sério, estou bem.

— Eu sei, Mike — disse ela, e se recompôs. — Eu fiquei tão orgulhosa de você, neste momento. Você nunca mais vai falhar em nada.

Mike sabia que não foi por isso que ela chorou.

17

O .44 BAR É UM *pub* onde se fala inglês, decorado com madeira escura e com uma única televisão, onde agora passava um jogo de futebol. Mike caminha até o bar e pede uma cerveja. Ele quer pedir a coisa certa, caso haja alguém observando. Ninguém está nem aí, pensa ele, olhando os grupos dispersos de estrangeiros. Ninguém se parece com um MB, não há nenhum jornalista solitário aguardando Bishop no bar.

Entretanto, num sofá próximo à mesa de bilhar Mike nota uma mulher ruiva e um homem loiro com os cabelos presos num coque no alto da cabeça, como um samurai. Eles estão rindo de alguma coisa e observando um cara negro pequeno e de cabeça raspada, aparentando ser do tipo durão, dando uma surra no Bola 9 num cara bem maior que ele. Mike lembra da garota sobre a qual Dreads falou, a ruiva, mas então deixa pra lá quando lembra de algo que Bishop disse a ele sobre como todos em Bangcoc se parecem com traficantes de droga se você está à procura de um.

Mike caminha para o canto do bar e ouve a ruiva falando algo sobre dentes de tigre, um afrodisíaco contrabandeado num barco de fundo falso. Mike percebe que ela está furiosa com alguma coisa e pensa que, seja ela quem for, não deseja cruzar o seu caminho. E então, de repente, ela solta uma risada. A fúria era apenas teatro, o jeito que ela contava a história. O cara de coque gesticula como um maestro quando começa a falar, algo sobre um determinado tira e a satisfação com que ele estava celebrando o nascimento do seu primeiro filho, o primeiro após treze filhas. Ele é o tira a quem recorrer, pois está de muito bom humor.

Mike deseja que Bishop apareça. Ele pede outra cerveja e se aproxima mais do sofá para poder ouvir melhor a conversa. O cara de coque puxa as pernas para cima, cruzando-as, preparando-se para contar uma nova história.

— Então os soldados nos fazem entrar e tiram as vendas, e o general está de pé do lado de uma mesinha de centro de vidro, e ele é bem pequeno, assim, todo uniformizado, todo paramentado, vestido para a câmera, e então Harrison...

O careca jogando bilhar, aparentemente Harrison, balança a cabeça confirmando a história.

— ... Harrison tem aquele *motordrive* dele com *zoom* de 85x150 pendendo no ombro. E quando ele se aproxima para cumprimentar o general, de alguma forma a alça escorrega e...

Harrison dá um riso contido e toma um gole da sua bebida.

— ... e a câmera cai no chão e se espatifa em cima da mesinha de vidro, despedaçando tudo. Então todos nós permanecemos imóveis e todos os caras ali apontam as armas para a gente...

O cara do coque imita o barulho de armas sendo engatilhadas. É bem realista.

— ... todos permanecem num silêncio mortal por alguns momentos e então o pequeno general dá uma risada, tipo "hahahaha" e todos começam a rir também "hahaha" e nos entreolhamos, rindo "hahaha" e então todos nos sentamos e tomamos cerveja.

Mike pensa como a história soa saída de um gibi quando dedos fortes tocam-no, não nos ombros, mas bem numa vértebra. Ele se vira.

O careca vestido de roupa de couro, Harrison, o cutucou. — Eu te conheço?

Mike instantaneamente percebe que Harrison o pegou ouvindo a conversa. Seu coração bate forte no peito e ele se concentra para conseguir falar calmamente. Ele se apresenta e diz que está procurando por um repórter de iniciais MB. O cara de coque ri atrás dele.

Mike se vira novamente e sente o rosto arder, a última coisa que ele quer, e agora a ruiva também o está encarando e ele sabe que está corando.

— Mike Burton — diz o cara de coque —, ao seu dispor. Ele ergue a mão de sua posição de pernas cruzadas e faz um gesto com a cabeça para Mike. — Eu estava esperando Tommy Bishop.

— Sou o assistente dele.

— Sério? — pergunta Burton. — Hilário. É melhor você se sentar e beber alguma coisa. Bem-vindo ao Circo Voador.

18

SENTADO ALI, AO REDOR da mesa, Burton apresenta Mike formalmente à ruiva Bridget e ao gigante Paul e então novamente a Harrison. Eles são todos *freelancers*, mas não são pés-rapados. Burton começa a falar sobre currículos, que para Mike parecem saídos de um livro de Kipling, exceto no Timor Leste ou indo para a floresta com esquadrões da morte ou, mais recentemente para Burton, observar um templo budista explodindo no Sul da Tailândia. — Braços de estátuas voando pelos ares.

Burton continua relatando as histórias. Bridget é de Sidney e está trabalhando num livro de imagens sobre animais em perigo, como eles são ilegalmente caçados e traficados por todo o Sudoeste da Ásia e África. Paul recentemente retornou de uma caça a piratas no Mar do Sul da China e está trabalhando em seu próprio livro sobre como a pirataria moderna é uma indústria de bilhões de dólares. Burton é hipnotizante, experiente e modesto enquanto pinta suas façanhas, mas quando chega à história de Harrison, este o para e redireciona a conversa para Mike.

— E qual é a sua história? — pergunta ele, e Mike fica impressionado com o interesse que todos demonstram. Eles prestam atenção enquanto Mike explica como Analect o enviou para cá com Bishop. É como se ele fosse tão interessante quanto armas na selva. É generoso, pensa Mike, mas também assustador.

— Entendi. — diz Burton. — Analect, inteligente e perspicaz. Você consegue se fazer passar por um deles, então arranja um bando de mochileiros para Bishop. Um artigo de viagem. Você é a isca.

A última palavra surpreende Mike. O cara grande, Paul, senta-se pesadamente próximo a ele e entra na conversa. — Para mim soa como uma história tola — diz ele num sotaque do Leste Europeu que Mike não consegue distinguir.

— Ecstasy não é uma história muito ruim, sabe. — Burton ri, como se traduzindo. — Mas é uma coisa fácil de achar por aqui, e Paul ficou um pouco perturbado por causa do seu foco nisso, levando em conta a outra história.

— *Yaa baa*. — Mike quer que eles saibam que ele sabe de alguma coisa, que ele fez seu dever de casa.

— Mas você sabe sobre os assassinatos silenciosos? — diz Burton. — Isso é o que tem acontecido na Tailândia. Centenas aqui, talvez mais ainda ao Norte.

— Thaksin Tóxico — fala Bridget.

Mike sabe que Thaksin Shinawatra é o primeiro-ministro da Tailândia.

— Seu colega Bishop lhe disse o que ele estaria fazendo hoje à noite? — pergunta Burton.

— Não, não consegui falar com ele desde que chegamos ao hotel.

— Você já deu sinal de vida a Hong Kong desde que chegou? Analect provavelmente quer saber notícias suas. — Burton passa os dedos no seu coque, deixando ver uma mão bronzeada, as veias visíveis sob a pele.

— O que ele disse para você, exatamente?

Mike diz que Analect disse também que ele deveria procurar por Christopher Dorr. Isso produz olhares de surpresa entre Bridget e Burton, que eles rapidamente escondem. Mas Mike percebe, e fica grato por não ter comentado que Dorr era amigo de seu pai.

— Vamos pedir outra rodada e pensar um pouco sobre isso — diz Burton, e vai até o bar, deixando Mike sozinho com Bridget. Ela o encara novamente. Ele sorri e desvia o olhar para sua garrafa vazia de cerveja.

— Então, o que você planeja fazer, Sr. Mike? — a voz de Bridget é baixa e sem emoção.

— Bom, não tenho certeza — diz ele, sentindo a face corar novamente. — Suponho que vou continuar trabalhando na história sozinho e esperarei por notícias de Bishop. Meu trabalho é só fazer algumas perguntas para os mochileiros.

— Sempre acaba sendo mais complicado do que você pensa — diz ela, olhando para ele através do amontoado de garrafas sobre a mesa.

Mike já sabe disso.

19

A CASA DE MIKE EM Long Island foi construída com vigas antigas, e as telhas finas de cedro foram ficando cinza pelas intempéries e pela proximidade do mar. A sala de estar cheirava a madeira seca e ar salgado e também a velas. O cheiro de velas caras permeava a casa, pois sua mãe as queimava constantemente, especialmente durante os invernos. Ela amava velas, o que era estranho para uma mulher que dizia ter muito medo de fogo. Ela dizia que a casa iria pelos ares como uma caixa de fósforos se eles não tomassem cuidado.

Numa noite de inverno, a lareira cuspiu uma fagulha em um dos pequenos tapetes persa de sua mãe. Ela estivera sozinha no quarto a tarde inteira. Os meninos haviam comido com o pai e este já os colocara na cama. Ele estava na cozinha preparando uma bebida quando ouviu a esposa gritando no pé da escada. Os meninos correram para a escada alguns momentos depois e viram o pai molhando o tapete com um extintor amarelo. A fumaça cinza dominou toda a sala e parecia um pouco exagerada, levando em conta o pequeno círculo preto queimado no tapete. A mãe de Mike estava soluçando e gritando com o marido. Ele borrifou novamente o tapete e então a lareira, pondo de lado o extintor e olhando para ela.

Ela gritava: — Como você pôde não notar? Estava bêbado? Será que ele queria mesmo que a casa pegasse fogo para que pudesse recomeçar a vida em outro lugar? — Nada disso fez muito sentido para Mike ou Lyle, mas eles nunca se esqueceram disso. Ela estava vestindo apenas o robe, que insistia em se abrir. Ela não parecia se importar. E de alguma forma sua nudez combinada com a gritaria paralisou os meninos ao pé da escada. O pai demorou alguns momentos para registrar a presença deles e então os enxotou de volta para a cama. E ele de fato estava bêbado.

20

— E ENTÃO, VAMOS COM A GENTE? — disse Burton, quase com educação demais. — Você realmente deveria. Estamos indo para a minha casa. E também tenho a coisa certa para você, um bom contato, um tenente da polícia. Vou escrever o número dele.

— Talvez eu devesse deixar um bilhete para Bishop — diz Mike.

— Eu não me preocuparia com ele — diz Burton. — Na verdade, eu esqueceria dele.

Mike sente como se tivesse sido adotado, ou ao menos admitido em alguma piada particular. E ninguém havia dito nada sobre o rasgão em suas calças.

— Thaksin quer todos os traficantes do país mortos — diz Bridget. — Venha conosco e lhe contaremos toda a história. Você não vai querer escrever uma história sobre mochileiros.

— Você vai ver — diz Paul. — Tiras atrás de traficantes, traficantes atrás de traficantes. — Mas Mike pode ver nos olhos dele que ele não está muito certo sobre o convite. — Me encontro com vocês lá. — continua Paul. — Tenho que fazer uma paradinha antes.

Mike percebe, ao caminhar atrás de Paul em direção à porta, como seus ombros são largos e pesados, como seus punhos são grandes. Como o homem é enorme por inteiro, como um leão de chácara indo para o trabalho e adentrando as luzes de *neon* do bairro de Silom.

É estranho, entrar de repente num carro com essas pessoas, ir embora com eles embaixo da chuva morna da noite de Bangcoc. Mike admira a forma como Burton dá instruções ao motorista. A chuva bate no para-brisas e cristaliza as luzes através das janelas do táxi úmido. Ninguém diz palavra. Mike está sentado no banco de trás, entre Harrison e Bridget. Ela está olhando através da janela lateral, mas Burton e Harrison mantêm o foco na rua em frente, e todos permanecem calados por um momento. Harrison bate na careca e fecha os olhos. Mike percebe o momento em que sua perna se encosta na de Bridget. Ela tem um perfume doce de pimentão. Mike está agitado e um pouco bêbado e se sente bem. Ele diz algo como — obrigado por me trazerem — e então sente que é um pouco cedo demais para agradecer.

— Ora, o que é isso — diz Burton.

Bridget assente com a cabeça, embora ainda esteja olhando pela janela.

21

O PAI DE MIKE, Dorr e Analect eram apaixonados pela mãe dele, mas foi o pai dele quem a conquistou primeiro. Nenhum deles havia se apaixonado antes. Eles transavam em todos os lugares, inclusive na biblioteca. O namoro era ainda mais feroz pela tensão existente entre ela e Dorr. Analect previu o que iria acontecer desde o início.

Foi durante o feriado de Ação de Graças no último ano que o pai dele descobriu que ela o estava traindo com Dorr. A primeira neve do ano já caía havia três horas em Boston. O pai de Mike mandou o táxi virar quando já estava na metade do caminho até Logan quando ouviu no rádio que todos os aviões haviam sido mantidos em terra por causa da tempestade. Ele não estava mesmo com vontade de ir a São Francisco. Então ele voltou para Lowell House e lá estavam eles, bêbados na cama. Ninguém sabia o que fazer.

O pai de Mike encontrou Analect num bar na Avenida Massachussets. Ele mentiu não saber de nada sobre o assunto e fingiu surpresa. Ele havia aprendido que às vezes o clima se igualava à vida e que esta era uma dessas ocasiões. Quando a neve parou de cair, o pai de Mike já havia transado com a irmã de Dorr como vingança.

22

UM REFÚGIO DO TRÂNSITO selvagem, numa rua em algum canto da cidade. Jardins e casas, nenhum carro dos lados da rua. Ao sair do táxi, Mike vê um chafariz em forma de elefante soltando água pela tromba. O apartamento de Burton é atrás do elefante, num condomínio originalmente ocupado por soldados franceses. Acima das escadas largas de pedra, cinco andares acima deles, a porta do apartamento de Burton era pintada de azul.

O apartamento não é grande, mas é a maior moradia que Mike viu desde que chegou a Bangcoc. Dois sofás compridos, televisão, bar, livros. Uma parede é coberta de cordas amarelas. Um terraço e uma banheira de hidromassagem. Burton serve bebidas a todos e então os quatro simultaneamente acendem cigarros.

Mike pergunta a respeito das cordas, sentindo-as contra os nós dos dedos.

— Decoração conceitual — diz Burton.

— São todas oriundas de lutas de boxe na fronteira birmanesa — diz Harrison. — Eles enrolam as cordas nas mãos.

Mike já sabia disso, mas agora não tem mais certeza.

Paul chega logo depois deles, carregando sacolas contendo garrafas de cerveja verde. Ele entra na casa falando, como se para se anunciar, em algum tipo de monólogo. Mike sente que já ouviu isso antes, embora não tenha certeza.

— O problema na Tailândia — diz Paul — não são os *farangs*. Sim, *farangs* são irritantes. Eles vêm aqui apenas para comer as mulheres. Alguns deles se escondem de alguma coisa e acabam ficando por aqui, tudo bem. Sou um *farang*. — Mike se pergunta se alguém além dele está ouvindo.

— Mas o verdadeiro problema — continua ele — são os tailandeses que querem ser *farangs*. Bananas. Amarelos por fora e brancos por dentro. Eles ferram com o sistema. Eles dizem que o estão limpando, mas na verdade são os mais sujos.

Mike vê que Paul está particularmente irritado pelo conceito de sujo.

Mike se senta numa poltrona observando Burton partir quatro pílulas ao meio. Paul come duas metades, Burton come uma e Mike fica surpreso com a falta de cerimônia, especialmente comparado à forma com a qual ele já viu os usuários de droga do seu país de origem ficarem chapados, devagar e com calma.

— Você já experimentou ecstasy? — pergunta Paul.

— Não — diz Mike.

— Cara, tome cuidado — diz Paul. Ele suspira e de repente parece muito cansado. Mike percebe que Paul está bêbado ou chapado, provavelmente ambos. — Os tiras de merda estão por todos os cantos — diz ele —, mas fique frio, é sempre cedo demais para temer.

Mike não tem ideia.

Burton olha para ele. — Tá a fim de uma pílula, Mike?

Mike balança a cabeça. Agora não, pensa ele. Talvez mais tarde, mas agora não.

Burton trocou de roupa, trajando agora uma camiseta mais folgada e calças largas de seda. Ele se senta num banquinho próximo à poltrona de Mike. Os cabelos loiros estão agora soltos, pendendo sobre seus olhos.

— Então você já provou?

— Eu não costumo usar drogas pesadas.

— Mas então você já provou alguma vez?

Mike fumava maconha esporadicamente. Fazia ele ficar idiota e sonolento, e normalmente ele fumava com Jane, então eles transavam e assistiam a um filme.

— Sim, tive uma experiência ruim ultimamente.

— O que aconteceu? — pergunta Burton, e Mike não fica surpreso pela forma como a mentira flui com facilidade.

— Eu estava fumando e bebendo com minha namorada e com uma galera numa festa no terraço de um prédio, e acho que devia ter alguma merda naquela maconha, pois me fez ficar louco.

— Isso não é bom — diz Burton, batendo as cinzas do cigarro.

— Eu sei — continuou Mike —, me fez querer pular do prédio. — Ele diz isso em parte com solenidade, em parte não, como alguém que é descolado demais para contar vantagem sobre quase se matar, mas que é honesto o suficiente para falar a verdade a respeito. E Burton parece estar acreditando nele. Todos estão. Claro que estão, pensa Mike. Por que não estariam?

— Bom, não vamos deixar que você pule do terraço.

Eles todos começam a falar para Mike por que ele deveria usar ecstasy. Mike se pergunta por quê. Mas eles são bem polidos. Ecstasy não é como maconha, que faz você querer pular do terraço. É mais amigável. E estamos todos aqui. Não poderia ser um local mais seguro.

Mike pensa que por trás de tudo aquilo eles estão lhe fazendo uma pergunta. Mas qual? E então, de repente, ele pensa na garota da moto segurando um bebê. Talvez ele já esteja chapado.

Harrison conversa com uma voz leve, num ritmo quase musical.

— Mas você nunca provou, não é? — diz ele para Mike.

Mike olha para Harrison, que o está encarando. *Já provou?*

Por um momento, a pílula tem gosto de giz na língua de Mike e então ele engole.

23

LOGO QUE MIKE DECIDIRA aceitar o estágio em Hong Kong, sua mãe deu para ele uma foto da família. Na foto, Mike, seus pais e seu irmão mais velho, Lyle, estavam de pé à beira-mar em sua casa em Long Island. Eles pareciam aquelas pessoas de catálogos, belos e ricos, posando e perfeitamente enquadrados.

Deitado na cama na semana anterior à sua partida, ele segurou a fotografia contra a luz. Ele pensava como seria sua vida na Ásia. A luz da lâmpada brilhava através do papel brilhante da fotografia e Mike pôde ver através de si mesmo. Ele podia ver através dos seus cabelos loiros e dos dentes brancos. Podia ver através de seus pais e seus braços entrelaçados ao redor um do outro e seu irmão com cara enfezada. Podia ver através do céu atrás da família e a areia onde estavam de pé.

Mike estava determinado a fazer sua vida na Ásia ser boa e simples. Que seria o começo da vida dele, e que não seria uma vida louca. Mas enquanto observava o que na verdade era apenas uma fotografia e viu sua família como fantasmas por causa da luz da lâmpada, subitamente entendeu algo novo e muito desconcertante. O que Mike viu foi o potencial de loucura em si mesmo, assim como estava ali em todos eles.

24

MIKE ESTÁ CHAPADO. Ele olha ao redor do quarto e subitamente descobre, através das percepções conscientes e longas de suas sinapses, o quão comum tudo aquilo é. Ele começa a suspeitar que ele mesmo é tanto um clichê quanto seus amigos repórteres. Mas ele se sente bem. Pensa na garota da moto segurando o bebê e no que ela diria se pudesse abrir a cabeça dele com um pé de cabra e ler seus pensamentos, como se eles fossem um monte de bolinhas rolando lá dentro. Talvez ela pedisse para que ele se casasse com ela. Talvez ela o roubasse. Ambas as ideias atraem Mike.

— Você conhece um australiano chamado Hardy? — pergunta Mike para Burton. É como se ele não conseguisse se controlar.

— É um drogado devasso — diz Burton, começando outro monólogo. — Seu pai era um advogado, mas ele cresceu pobre em Sydney porque seu pai era obcecado pelas mulheres aborígenes, queria comer qualquer uma que visse pela frente, então sua área de atuação era proteção das terras aborígenes e ele nunca ganhou nenhuma grana. Pai e filho começaram a fumar maconha juntos quando Hardy tinha doze anos, o que poderia ter sido bom ou ruim, dependendo de como você vê os advogados, pois o pequeno Hardy estava considerando ele mesmo seguir essa profissão até que seu pai foi morto e mutilado ritualisticamente na zona rural por um aborígene corneado. Pobre Hardy, irado e sofrendo pela morte do pai, abandonou sua amada Austrália e chegou a Bangcoc sem um tostão. Mas sendo Bangcoc como era na época, ele conseguiu, naquela mesma tarde em que chegou, ser alimentado, transar e ter uma casa. Beleza de lugar, pensou ele, e acabou ficando por lá, traficando um pouquinho de pó, o suficiente para ir levando a vida. A vida era fácil e obscura, e na maioria das vezes ele transava com mochileiros, tanto garotos quanto garotas, porque ele achava que alguém deveria fazê-lo. Agora já se passaram vinte anos e ele mantém um albergue para transar com os mochileiros. É apaixonado por Bridget há anos.

— Como eles se conhecem?

— Todos conhecem todos por aqui e acho que estou a fim de um mergulho — diz Burton. — Pensou em dar um mergulho na hidromassagem? É uma delícia. E a adorável Bridget está sentada lá.

Mike segue o olhar de Burton até o terraço, onde Bridget e Paul acenam para eles de dentro da banheira.

Mike se despe de sua calça rasgada e fica de cueca na beira da banheira. Ela é grande e profunda, com pequenos bancos submersos.

— Olha isso, Paul — diz Bridget. — Olha o Mike.

Paul olha para Mike e este olha para o seu próprio peito, que ele coça sem graça.

— Ele está em tão boa forma! — diz Bridget. — Olha o abdome dele.

Mike sente que está corando novamente enquanto entra na água. Tão comum, que é como se estivesse em casa. Ele se lembra de já ter corado em outras banheiras. São as drogas, pensa ele de repente. Que tipo de idiota é zombado por estar em boa forma?

— Aposto que você já foi um atleta — diz Bridget. Ele diz que sim, mas que parou de treinar assim que entrou para a faculdade. Poderia ter jogado profissionalmente.

— Você era assim tão bom? — pergunta ela.

— O branco mais rápido da cidade — ele escuta a si mesmo dizer e se sente idiota, jovem demais.

— Quantos anos você tem, Sr. Mike?

— Dezenove.

— Oh, eu sabia — Bridget leva as mãos à boca, provocando-o. — Você é apenas um bebê!

Mike gostaria de dizer que gosta do mundo tanto quanto ela. Paul, olhando para o céu noturno com os braços gordos e brancos estirados nas bordas da banheira, diz a Mike que ele tinha um rasgo na calça. Então eles notaram, pensa Mike. É claro que eles notaram.

Burton chama Mike da cozinha e pede que ele vá ajudar com as bebidas. Mike sai da banheira com a certeza dos olhos de Bridget sobre ele. Teria sido melhor se ela tivesse saído da banheira antes de mim, pensa ele.

Mike gosta de preparar as bebidas com Burton na cozinha. Eles olham os jornais no bar enquanto Burton quebra pedras de gelo com um pequeno bastão. Mike lê sobre líderes mundiais envolvidos com guerra e tortura. O candidato a presidente pelo Partido Republicano de seu próprio país é um homem extremamente religioso, e tem uma frase no jornal em que ele literalmente diz que Deus está do seu lado. Burton não acha isso muito legal, batendo no jornal com um dedo nervoso e balançando a cabeça em desaprovação, e então decide dar uma pausa e ir mijar.

Mike pega o bastão para testá-lo e gosta de senti-lo nas mãos. Ele acende outro cigarro e lê os livros na estante atrás do bar. Livros que ele não reconhece, sobre o Sudoeste da Ásia e contrabando de drogas, moda e dois que ele conhece do primeiro ano do curso de Filosofia, Santo Agostinho, Kierkegaard.

De repente a voz de Bridget, agora abafada e áspera, vem do terraço. Ela xinga e grita por ajuda. Mike olha e a vê fazendo esforço dentro da banheira, vê seu corpo e seus seios cobertos de sardas pulando da parte de cima do biquíni, os cabelos ruivos caindo sobre os olhos e então ela força os joelhos e leva os quadris para a frente, gritando por ajuda, puxando o corpo, com medo.

— Burton — grita ela. — Venha logo, seu idiota.

Mike corre e vê que ela está tentando puxar Paul do fundo da banheira, onde ele está sentado de pernas cruzadas, como um Buda submerso. Seus cabelos flutuam como pálidas flores de lótus submersas. Burton e Harrison chegam apressados atrás de Mike e juntos eles içam o enorme Paul para fora da banheira. Ele tosse e se engasga, os olhos fechados, enquanto eles o sentam numa cadeira de ferro do terraço. Mike havia percebido mais cedo que as costas da cadeira são decoradas com anjos de ferro. Paul ainda está tossindo quando abre os olhos.

— Eu não tinha percebido que ele estava lá embaixo havia tanto tempo — diz Bridget, agora mais calma. — Eu estava olhando para o outro lado quando me virei e o vi lá no fundo.

O rosto longo e pálido de Paul tem um aspecto azulado e seus olhos fitam o nada. Burton se aproxima do seu rosto, batendo de leve e então com mais força.

Após um ou dois minutos, Paul parece finalmente fitar Burton.

— O que aconteceu? — pergunta Burton. — O que aconteceu, Paul?

— Estava tão bom, que eu não queria retornar à superfície.

Isso soa como uma viagem para Mike, como se através de um escafandro.

— Senti como se estivesse numa musse de chocolate.

Harrison volta para a sala de estar e começa a ler o jornal.

25

UMA DAS COISAS DE QUE Mike e seu irmão se recordam de maneira diferente é o dia em que Lyle se queimou com um foguete feito de garrafa. Eles estavam na praia com os pais e um amigo de Lyle, que estava passando o fim de semana com eles. A areia estava fria sob seus pés e o céu de junho estava limpo, sem nuvens. Eles haviam acendido uma fogueira pequena e estavam sentados em cobertores vendo o pai de Mike assando pimentões amarelos e cachorros-quentes em espetos de metal para o almoço.

O amigo estava descrevendo o próprio pai para Mike e Lyle, e os pais estavam ouvindo, embora estivessem no meio de sua própria conversa, que é algo que eles aprenderam a fazer quando viraram pais. Mike e Lyle aprenderiam a fazer a mesma coisa ainda crianças. O amigo fazia uma piada sobre o pai, um roteirista de programas de televisão, como um artista comicamente envergonhado e oprimido pelos financistas ricos que trabalhavam na mesma torre no centro da cidade onde ele mantinha seu escritório. Mike e Lyle estavam balançando a cabeça e rindo, imaginando a cena. Então a mãe deles interrompeu ambas as conversas e disse ao amigo: — Isso se chama um peixe fora d'água, e acredito que um grande número de escritores famosos mantém escritório no centro.

— Acho que a senhora está certa — disse ele. — Eu sei.

Eles acabaram de comer em silêncio e ficaram observando o oceano. Então o pai de Mike falou para os garotos irem olhar no porta-malas do carro. Havia algo para eles lá. Numa banca de revistas em Chinatown ele havia comprado uma lata de café cheia de foguetes de garrafas. Lyle, Mike e o amigo correram para o porta-malas e depois para o mar, para acender alguns deles. Lyle estava especialmente nervoso, porque os pais discutiam a respeito do fogo atrás deles. Os foguetes de garrafa pontuavam a discussão com pequenos estouros e assobios.

Mike recorda que um dos foguetes explodiu na mão de Lyle. Ele não conseguiu entender o que aconteceu, pois Lyle estava sendo muito cuidadoso. Mas parece que Lyle segurou o foguete por muito tempo, como se quisesse ver o que aconteceria. O foguete estourou e procurou abrigo no queixo de Lyle como um inseto de desenho animado. E então explodiu. O queixo de Lyle ficou preto e inchou imediatamente. O pai correu até a água e pegou o filho, coçando a cabeça enquanto examinava a queimadura. Ele carregou Lyle até o carro. — Vou levá-lo até o hospital, fique com Mike! — disse ele para a esposa.

Lyle, apesar da dor, estava feliz por estar no carro apenas com o pai. Era melhor estar com um dos pais do que com os dois ao mesmo tempo. Mike, com a mãe, estava pensando a mesma coisa. "Dividir e conquistar" se tornaria a piada deles muitos anos depois.

Anos mais tarde, Mike e Lyle estavam bebendo na casa do mesmo amigo e este começou a contar a história de quando o foguete de garrafa explodiu e Mike falou para o irmão achando que ninguém mais iria escutar — você explodiu aquela coisa no seu queixo.

— Ei, é verdade — disse o amigo. — Eu sempre me lembrei dessa história como se você quisesse explodir seu queixo de propósito.

— Estou apenas sacaneando com meu irmão.

O amigo então achou, e não pela primeira vez, que a família inteira era maluca.

26

A NOITE ACABOU. Os primeiros raios de luz da manhã começam a riscar o céu. Mike está cansado, suado e ainda um pouco chapado e continua sentado com Burton do lado de fora. Bridget foi para o quarto deste e fechou a porta. Paul pegou no sono enquanto assistia à televisão. Harrison entrou no banheiro havia algum tempo e Mike podia ouvir o barulho do chuveiro por trás da porta.

Mike acende um último cigarro e fica observando o céu da manhã que está chegando, parecendo bem mais clara vista daqui do que no dia anterior vista da rua. Ele quer continuar conversando com Burton, mas não sabe o que dizer a não ser fazer uma pergunta boba sobre credenciais.

— O quê? — pergunta Burton, apenas um olho aberto por trás de uma mecha de cabelo loiro. Sua cabeça faz movimentos assentindo e negando ao mesmo tempo.

— Eu não preciso de uma credencial ou algo do tipo para conversar com o tira sobre o qual você me falou?

Burton sopra a mecha de cabelo e fixa o olho que está aberto em Mike. — Mike — suspira ele, muito cansado —, não se preocupe com os tiras.

Burton volta a cochilar e Mike pensa sobre o quão cansado ele também está quando Harrison aparece atrás dele no terraço. Ele está limpo e não parece nem um pouco cansado.

— O que acha de darmos uma saída? — diz ele. — Está com fome? Vamos tomar umas. A cerveja do café da manhã. Vou te apresentar ao Grace.

Burton a essa altura está apagado, mas Mike agradece a ele mesmo assim.

27

O HOTEL GRACE É UMA torre com ar-condicionado com um bar que nunca fecha, situado no porão. As paredes e o teto do bar são de ladrilhos azuis e amarelos e a luz é fraca, mas fluorescente. O chão não é sujo e os garçons são tailandeses cansados usando crachás do hotel. É impossível ver quando o sol nasce, pois o bar não tem janelas. Tudo muito óbvio. Há também uma pista de boliche.

— Odeio esse lugar — diz Harrison.

Então o que estamos fazendo aqui, se pergunta Mike enquanto eles abrem caminho para uma tailandesa pequena e um inglês usando uma camisa laranja. A garota tropeça ao passar por Mike e ele vê um seio moreno pular para fora do seu vestido. Enquanto Harrison caminha com ele até o bar, Mike nota um grupo de prostitutas num canto. Elas são mais altas e mais brancas do que todos ali. Mike pensa que elas parecem russas, embora ele não conheça nenhum russo. Duas delas têm cabelos ruivos.

— Não vão contribuir em nada com a sua matéria — diz Harrison —, mas são interessantes.

Mike acha que a garota mais bonita ali naquele lugar é uma tailandesa alta que fala pouco, mas mexe bastante nos cabelos. Ele está usando *jeans* e uma camiseta branca com um grande decote em V. Ela está com três drinques diferentes na sua frente oferecidos por três homens diferentes e dá um gole em cada um deles. Não foi uma noite de sorte para ela acabar no Grace dessa maneira, explica Harrison. Ela tem que recuperar o tempo perdido.

Ele vai ao banheiro, e quando retorna Harrison está conversando com uma garota que está virada de costas para ele quando se aproxima. Ela é pequena, veste um vestido prateado, quase metálico, na altura dos joelhos, e para Mike ela se parecia com as garotas que cresceram com ele, com doze ou treze anos, mas querendo se fazer passar por mais velhas. Seus quadris são muito estreitos. Mas quando ela se vira, Mike fica impressionado com a maquiagem pesada e com a forma com que ela olha para ele. Mike pensa que ela provavelmente tem a mesma idade que ele.

Harrison a chama de Tweety.

— Sempre entrando e saindo de problemas — diz Harrison, sorrindo para ela.

Mike estende a mão e Tweety a segura no meio de suas duas mãos e se inclina para a frente para beijá-lo no rosto, falando alguma coisa em tailandês para Harrison. Ele responde para ela na mesma língua e Mike fica impressionado como as palavras fluem de sua boca.

— Harrison — diz Tweety em voz alta —, você tem um amigo muito bonito.

Harrison dá um grunhido e toma um gole da cerveja. — Mike está escrevendo uma matéria sobre as pílulas — diz ele, agora em inglês.

— Um repórter? — diz Tweety. — Mas você parece tão jovem.

— Estou apenas começando. — Mike observa as bolsas sob os olhos dela.

Harrison explica que Tweety é uma ótima tradutora. Tweety assente com a cabeça, confirmando o elogio.

— Talvez eu pudesse servir de tradutora para você — diz ele e coloca a mão sobre o braço de Mike.

Mike diz a ela que todos os mochileiros falam inglês.

— Muitas histórias — é tudo o que ela diz.

— Histórias melhores — diz Harrison, sério. — Tweety mora em Khlong Toei. É um dos bairros onde Thaksin está agindo. Você já viu muitas pílulas, não, Tweety?

A expressão de Tweety endurece. — Eu já vi — diz ela.

Mike percebe que Harrison está tentando ajudá-lo e que eles, na verdade, estão falando sobre *yaa baa*, não ecstasy.

— O que você acha? — pergunta Mike. — O governo é muito duro?

— Muitas histórias — diz ela novamente.

Quando Mike pergunta a Tweety se ela já ouviu falar de Christopher Dorr, ela fica assustada e olha para Harrison, cuja expressão se mantém inalterada. Mike está ele mesmo um pouco nervoso com relação à pergunta e observa Harrison para pegar algum sinal. Nada. Finalmente, Tweety diz que sim, ela conhece Dorr. Ele é um repórter, mas ela não o vê há bastante tempo. Ela olha por sobre Mike para um estrangeiro trajando um terno risca-de-giz que se sentou no bar.

— Outro *farang* idiota — diz Tweety. Agora ela parece estar um pouco bêbada. Mike pergunta novamente sobre Thaksin e suas sanções.

— Mesmo esse lugar, o Grace, sofreu batidas da polícia — diz ela em voz alta. — Eles fizeram todo mundo mijar num copinho. Muitas pessoas agora tomam mais cuidado ao virem aqui chapadas.

O estrangeiro de terno escuta e fica inquieto. — Como é que é? — diz ele, querendo saber mais. — Você está dizendo que eles vão me fazer mijar num copinho?

Tweety sorri para Harrison, que assente com a cabeça para o homem no bar.

— É sério, eles fazem você mijar num copinho? — pergunta novamente o homem. Então ele admite, obviamente — tomei um comprimido de *E* na noite passada.

Harrison dá de ombros para mostrar que ninguém tem nada a ver com isso, então o homem paga a bebida e deixa o Grace rapidamente. É claro que Tweety queria que o cara ouvisse o que ela falou.

Depois de outro drinque, Mike pergunta a Tweety se ela poderia ajudá-lo a se encontrar com Christopher Dorr.

— Não, eu nunca mais o vi — diz ela. — Mas talvez eu possa traduzir para você.

— Eu preciso de sua ajuda para encontrar Dorr.

— Não é uma boa história — diz Tweety.

28

A NAMORADA DE MIKE era uma ótima aluna e também boa de cama, uma combinação que não era incomum, dissera o pai de Mike para ele certa vez. Ela estava estudando filosofia clássica e era uma boa tradutora. Algumas vezes ela recitava a *Ilíada* em grego para Mike enquanto estavam na cama. Eles nunca discutiram. Mike perguntou para ela uma vez se ela achava que isso era estranho.

— Por que discutiríamos? — disse ela. — Nunca fazemos nada de errado um para o outro e somos jovens ricos e brancos estudando em escolas caras. — Mike achou aquela resposta insuficiente, mas não falou isso para ela.

Antes de Mike viajar para Hong Kong, ele e Jane haviam reafirmado que se manteriam fiéis um ao outro. Jane estava indo passar o verão na Grécia e eles tinham um plano não muito estruturado de se encontrar em algum lugar da Europa no início de setembro antes de voltarem para a faculdade. Eles correriam para a cama e depois ficariam nos cafés conversando sobre suas aventuras. Ambos estavam um pouco tristes, pois sabiam que encontrariam amantes em potencial em suas viagens. Mas também estavam um pouco nervosos quanto a essa possibilidade, por isso era bom ter um ao outro como âncoras. Ou algo do tipo.

Mike e Jane não gostavam de conversar sobre o seu relacionamento. Muitas das pessoas que eles conheciam na faculdade gostavam de discutir e dissecar os relacionamentos amorosos. Mas eles não estavam interessados e isso era parte do motivo pelo qual eles estavam juntos desde aquelas sextas-feiras quando passavam a noite conversando sobre suas famílias. Outro motivo, é claro, é que ambos os casais de pais eram loucos. Mike contou para Jane como a vida com seus pais se parecia com tempo chuvoso que vai e vem, e ela contou a ele sobre o pai traindo a mãe e a mãe o aceitando de volta, uma vez atrás da outra. Mais tarde, ocorreria a ambos que eles passavam tanto tempo se preocupando com suas famílias, que não paravam muito para pensar um no outro, e eles se arrependeriam desse erro. Entretanto, até lá, isso não importava.

29

QUANDO SAEM DO GRACE o sol já está alto no céu e o calor é intenso. Harrison leva Mike a um restaurante, que é um cômodo único, num beco. É ladrilhado e fresco, com fogão, pia, refrigerador e duas mesas. Eles se sentam com cervejas e Harrison diz ao homem no fogão qual a comida que eles querem. O atendente traz rolinhos, *noodles* frios com vegetais apimentados e ovos. Mike percebe que está comendo rápido demais. E que ele quer saber mais sobre Tweety.

— Tweety parece ser uma prostituta interessante — diz ele, se arrependendo imediatamente.

Harrison parece não notar, apenas come seus *noodles*. — Ela gosta de jornalistas — diz ele finalmente. — Quer ser escritora.

— E isso é possível?

— Nunca se sabe — diz Harrison.

— Ela é mesmo uma prostituta?

— Ela faz um monte de coisas, trabalha como tradutora e às vezes arranja encontros.

— Você a usa? — pergunta Mike.

Harrison olha para Mike. — Nós a ajudamos a começar um tempo atrás — diz ele. — Não é tão fora do comum, e ela é muito boa. Burton e eu temos uma matéria com a qual Tweety está nos ajudando. O irmão dela transporta pílulas em sua bicicleta. Ela vai nos apresentar a ele e ele supostamente vai nos colocar em contato com a fábrica. Talvez renda boas fotos.

— Ela não pareceu gostar de Christopher Dorr — diz Mike.

— Você sabe por que Analect pediu que você e Bishop o encontrassem?

Mike balança a cabeça. — Bishop diz que ele desapareceu.

— Não exatamente. — Harrison acende um cigarro e olha fixo para Mike novamente.

— Analect revelou uma das fontes que ele havia usado na matéria do *Wa* aquele ano. Algumas pessoas morreram.

— Por isso ele desapareceu?

— Você mesmo teria que perguntar a ele.

— Eu bem que gostaria.

— Você tem seus próprios motivos.

— Eu li a matéria.

Harrison ri dessa colocação e traga seu cigarro com força, como se tivesse tomado uma decisão importante, e então relaxa. Parece a Mike que ele relaxa pela primeira vez desde que se encontraram dezessete horas atrás. Não muito, seus ombros apenas relaxam um pouquinho.

— Tudo bem — diz Harrison. — Eu posso apresentá-lo a ele, se você quiser.

— Obrigado — diz Mike. — Isso seria ótimo.

Como será que funciona isso? — pensa Mike. — O que vou ficar devendo para ele?

30

MIKE ACORDA, AINDA um pouco tonto, e o sol já está se pondo. Ele dormiu em cima da cama novamente. Toma um banho e então esvazia os bolsos. O banho faz com que se sinta bem e ele encontra em um dos bolsos um pedaço de papel com o telefone de contato do policial dado por Burton. Ele deveria ligar logo, mas está sem vontade de pegar o telefone. Ele não sabe por que, mas não está pronto. Talvez após comer alguma coisa.

Ele se veste com cuidado, muito mais do que faz quando está em casa. Que piada, pensa, um estrangeiro antecipando o *glamour* de calçadas de outro país onde ninguém está olhando. Ele pode se vestir como um artista de cinema. Deixa a camisa limpa aberta um botão a mais, revelando a camiseta que usa por baixo dela. Não faz a barba. Penteia os cabelos para trás e enrola as mangas da camisa. Um rapaz branco, limpo e grande trajando roupas boas. Não sou um alvo fácil, pensa ele. Pelo menos é o que espera.

Ao descer, Mike deixa um novo recado para Bishop na recepção e tenta falar com ele no celular. Deixa para lá. Ele conseguiu se conectar sem a ajuda de Bishop. Agora ele tem amigos, outros números para ligar.

A chuva cai enquanto ele se senta no café do outro lado da rua para comer *noodles*. Subitamente está mais frio e o céu escurece. Mike come calmamente e toma uma cerveja verde, percebendo que está de ressaca, ficando intimidado porque tem que ligar para o número que recebeu de Burton e não é um repórter de verdade. Está apenas causando problemas. Ele pensa no que Dorr está fazendo naquele momento. Talvez Dorr seja como seu pai. Talvez, agora que é início da noite, Dorr esteja sentado com um uísque com gelo lendo seu livro preferido mais uma vez. Talvez ele esteja escrevendo uma nova história. Mike percebe que não faz a mínima ideia, Dorr poderia estar fazendo qualquer coisa. A única coisa da qual ele tem certeza é que ambos ficarão surpresos se se encontrarem. Tudo bem.

A chuva cai forte. Os vendedores de *noodles* correm da rua com panelas *wok* sobre as cabeças. Os clientes do café puxam suas cadeiras para debaixo dos toldos. Os motoristas das mototáxis se encostam contra a parede e fumam cigarros. Mike vê o cara que faz documentos de identificação falsos guardando seu cavalete numa maleta juntamente com canetas e giletes e decide que precisa alcançá-lo e providenciar uma credencial de imprensa. Não há tempo para esperar pelo troco, por isso ele deixa muito dinheiro em cima da mesa e corre atrás do cara, que agora está sumindo, camihando em direção a um beco.

Ao chegar a uma esquina, o cara dos documentos falsos para na soleira de uma porta. Quando Mike olha, vê duas senhoras agachadas num espaço apertado. Seus rostos enrugados estão vermelhos por causa de uma pequena fogueira.

As senhoras olham para ele e Mike dá meia-volta rapidamente.

Mike anda na chuva até sua mesa no café. Ele está encharcado. Seu prato, sua cerveja e o dinheiro que havia deixado sumiram. Ele puxa a cadeira mais para baixo do toldo e acende um cigarro. Então, do outro lado da rua, vê Bridget e Paul e novamente sai do café. Eles estão caminhando, protegidos por um guarda-chuva preto grande e não parecem surpresos de ver Mike.

— Khao San Road não é Nova York — diz Bridget. Mike não sabe ao certo o que ela quis dizer com isso. O que ele sabe é que sempre encontra com as pessoas em Nova York.

— Onde vocês estão indo? — pergunta Mike.

— Para um *show* de sexo — ri Paul. — Onde mais no Dia do Buda?

— É um tipo de feriado — diz Bridget. — Todos devem fazer orações ao redor de pequenas fogueiras. Você deveria vir conosco.

Eles estão fazendo uma matéria para uma revista masculina americana. Quem recebeu o trabalho foi Paul.

— É um pouco vergonhoso — diz Bridget —, mas vai ajudar a financiar o livro sobre animais.

— A vida não é maravilhosa?

Ocorre a Mike que eles podem ter premeditado se encontrar com ele.

31

MIKE SEGUE BRIDGET enquanto ela navega com seu guarda-chuva gigante em direção a um beco estreito. O beco não é largo o bastante para os três andarem lado a lado. Mike pensa que gostaria de voltar para o seu quarto de hotel e dormir. Mas ele também gosta de estar com Bridget.

O bar fica fechado atrás de uma porta ondulada de metal, como uma garagem. E Bridget explica que está lotado esta noite, assim como todas as noites, seja Dia do Buda ou não. Este lugar nunca recebe batidas da polícia. É apenas observado. Paul faz uma ligação e eles aguardam até que a porta de metal começa a subir com o som de cabos.

— Entre rápido — diz Bridget para Mike.

Uma luz amarela acende na sarjeta, iluminando os sapatos deles. Paul entra primeiro, agachado, e então Mike segue Bridget quando ela passa sob a cortina de metal que se fecha sobre o concreto atrás deles.

O clube é escuro com refletores sobre um palco. Eles se sentam em bancos ao redor de uma mesa alta. O bar está lotado de europeus do Norte, altos e loiros, a maioria deles acima do peso como os que ele vira no Grace. Também há pequenos grupos de homens de negócio japoneses bebendo uísque em mesas próximas do palco. As tailandesas são todas alegres e magras como passarinhos. As garçonetes são distinguidas das prostitutas por não falarem inglês muito bem. As prostitutas estão sentadas no meio dos homens de negócio japoneses ou de pé junto aos europeus no bar e bebericam copos de refrigerante doce. Os homens pagam um drinque atrás do outro para elas. Ocasionalmente, se a garota se dá bem com o atendente do bar e ela olha para ele enquanto ele serve o drinque para ela, ele coloca um pouco de uísque no drinque. Mesmo após irem para o quarto com um homem, elas retornam para o bar e bebem mais refrigerantes.

De um dos lados do palco, embaixo de uma luz branca forte, uma tailandesa está reclinada numa espreguiçadeira. Mike ouviu falar sobre isso quando estava na escola. De cada lado dela, uma garota de biquíni de lentejoulas segura seu tornozelo. A mulher na espreguiçadeira está nua e Mike olha para ela com cuidado após Bridget explicar sobre os drinques das garotas. A boceta dela está depilada e Mike tenta apurar seus sentimentos, criar um entendimento silencioso com ele mesmo. E daí? Isso faz parte da minha vida. Eu não quero comer essa mulher. Eu quero o quê? Salvá-la?

Mike bebe sua cerveja e observa enquanto a mulher na espreguiçadeira dá um grito agudo e empurra com os quadris. As garotas parecem estar puxando seus tornozelos como alavancas. Um dardo voa da vagina da mulher e acerta um alvo do outro lado do palco. Os japoneses festejam. Os europeus gargalham e as prostitutas entre eles riem educadamente. Bridget tira fotografias escondida e Paul vai até o bar pegar mais uma rodada de drinques. Mike olha para Bridget e decide que seria mais fácil assistir a isso sozinho.

A mulher atira outro dardo da boceta, este indo acertar um balão do outro lado do palco. Bum! Ela coloca outro dardo e estoura outro balão. Paul volta com os drinques. Mike percebe um cara malhado com um bigode pontudo encostado contra a extremidade do palco, bebericando uma cerveja. Ele veste uma camiseta regata. Mike vê tatuagens de uma tribo do Pacífico Sul ao redor dos bíceps grossos. Ele está rindo e parece ridículo, como aqueles modelos em propagandas de cervejas holandesas.

A mulher atira outro dardo, mas erra o alvo dessa vez e o dardo acerta no braço do cara de bigode. O homem dá um grito e derruba a cerveja. Bem-vindo à tribo, pensa Mike, e se pergunta com que frequência coisas desse tipo acontecem, se é parte do *show* para os *farangs*. Provavelmente não. Puta merda, dizem algumas pessoas, mas outras estão rindo.

O cara está gritando. — Que merda, que merda! — A mulher na espreguiçadeira dá um pulo e some atrás do bar. As prostitutas parecem que vão chorar, os rostos magros tremendo e fazendo caretas. Isso talvez seja problema e elas estão com medo e esperam que não sobre para elas. Elas se espremem mais para perto dos seus japoneses e europeus. A salvo com os clientes. O cliente tem sempre razão.

— Eu pegaria um táxi para o hospital — diz Bridget e mira a câmera para o cara de bigode.

Mike pensa que o cara só vai contar essa história se não pegar uma doença.

Paul ainda está rindo quando uma voz alta o chama por trás. *Paul*, diz a voz, e Mike sabe que já a ouviu antes. Eles se viram e veem Tweety vindo ao seu encontro da mesa de sinuca atrás deles. Paul se levanta e ela coloca os braços ao redor dele. Bridget também parece feliz de ver Tweety e elas se beijam no rosto.

— Você já conhece Tweety? — pergunta Bridget para Mike.

— Nos conhecemos ontem à noite — diz Mike. — Hoje de manhã.

— Com Harrison — Tweety assente com a cabeça, bastante entusiasmada.

Mike olha para Tweety e se lembra do que Harrison falou sobre ela, que ela quer ser uma escritora. Ele se pergunta sobre o que ela escreveria se pudesse escrever agora. Mike se lembra de algo mais que Harrison falou sobre ela, que ela é uma viajante, uma garota que não pertence a nenhum clube em particular, mas trabalha em vários.

— O que você está fazendo aqui? — Tweety pergunta para ele. — Neste lugar sujo?

— Trabalhando — responde Paul. — A matéria de viagem dele.

— Oh, não — Tweety ri.

— E temos que ter um depoimento seu — ri Paul. — Vamos, por que os americanos devem vir para a Tailândia?

Tweety pensa, olhando para o palco por um momento, e então com o rosto bastante sério ela diz com sua voz aguda: — A Tailândia é o país mais bonito do mundo.

Mike não sabe dizer se ela está brincando ou não, mas sabe que todos estão brincando de algum jogo.

Paul e Bridget batem palmas e riem. Mike olha para a mesa de bilhar para não ter que olhar para Tweety, mas após um momento ela se inclina em direção à sua orelha. Ele sente o hálito quente no seu pescoço. Ela coloca a mão no seu braço, aproximando-se como se para contar um segredo. Ele se inclina para escutar, para ficar mais perto dela.

— Posso ir para casa com você esta noite?

Tem algo na voz dela que Mike já ouviu antes. Talvez na voz de Jane? Ele ri, mas se sente terrível e hipnotizado.

— Obrigado — diz ele — comigo não. — Ele sorri enquanto fala, como se achasse aquilo tudo muito engraçado.

Tweety se aproxima mais e repete as mesmas palavras, respirando novamente dentro da sua orelha, colocando a mão na coxa dele. Mike vê Bridget virando o rosto enquanto ele ri e diz, *não obrigado, Tweety.*

Tweety faz beicinho e se afasta e começa a brincadeira novamente com Paul, que começa a abraçar e tocá-la. Mike faz uma careta e ela sorri para ele de forma maldosa, colocando a mão na coxa de Paul.

Mike tenta prestar atenção no jogo de bilhar. Dois caras que parecem gêmeos começam a tomar conta da mesa. Eles são tailandeses e Mike os distingue apenas como o cara de camiseta branca e o de camiseta azul. Eles andam para cá e para lá como duas libélulas e erram algumas tacadas de propósito, gritando de triunfo, batendo as bolas com força para desorientar os *farangs*.

A velocidade deles e a forma como fritam "não são tipicamente tailandeses", diz Tweety para ninguém em particular. — Aqueles rapazes.

Mike se pergunta se eles estão sob a influência de *yaa baa*.

De repente é Bridget quem está sussurrando em seu ouvido, e ele sente o hálito dela da mesma forma que sentiu o de Tweety. Isso o surpreende.

— Relaxe, Sr. Mike — diz ela.

32

DURANTE UMAS FÉRIAS NA Califórnia, quando Mike tinha apenas cinco ou seis anos, a família passou por uma cidade fantasma. Ao menos para Mike parecia ser. Na verdade era apenas uma pequena cidade chamada Mossa Landing, onde havia uma fábrica de conservas. Era um domingo de manhã e o comércio principal estava fechado, exceto uma estranha loja de antiguidades e um posto de gasolina. A mãe deles entrou na loja enquanto o pai abastecia o carro e os meninos a seguiram.

Mike achou imediatamente a peça mais interessante, que era uma Nikon Nikkormat de 1971. A câmera estava em péssimo estado com o que parecia ser um buraco feito a bala na estrutura, pequeno e circular na frente e desabrochando como uma flor de metal na parte de trás. Mike colocou o pequeno dedo no buraco e então mostrou a câmera para a mãe. Ela a comprou e disse para que os meninos não contassem ao pai, pois ela a daria de presente no seu aniversário, ainda naquele verão.

A partir daquele dia, a câmera ficou na estante de livros do pai de Mike. No início estava fora do seu alcance. Quando ele já estava alto o suficiente para pegá-la, ele brincava com ela com frequência. Quando já estava mais velho e parou de brincar com ela, ainda assim a pegava e virava em suas mãos. A mãe esquecera completamente daquilo. O pai olhava para a câmera apenas de vez em quando. E de todos eles, Mike era quem mais dava valor à câmera, tendo passado a infância finjindo tirar fotos de combate e morrer como um correspondente de guerra.

33

UM POLICIAL UNIFORMIZADO passa por baixo da porta de metal. Ele é magro, com um bigode fino e tem uma arma pendurada na cintura. Ele espreme os olhos e os clientes no bar ficam tensos. Ele coça o queixo com seu cassetete. Os apostadores desaparecem subindo as escadas.

O policial aceita uma cerveja numa caneca de café, assentindo lentamente com a cabeça. Mike nunca teve medo da polícia até chegar a Bangcoc. Ele nunca precisou ter medo. Nenhum tira jamais olhou para ele mais de uma vez. Aqui as coisas são diferentes. Ele queria não ter mais resíduo algum do ecstasy no sangue. Mas quando ele olha para Tweety, percebe que está nervoso com relação ao tira pelo motivo errado. Mike teme ser preso por algo que ele fez, quando o problema com os tiras em Bangkok é o que Mike lê agora no rosto de Tweety. Os tiras aqui podem fazer o que quiserem. Mas então, após Tweety dar uma boa olhada no rosto do tira, relaxa e volta a ser ela mesma novamente, contando piadas sacanas para Paul. Talvez todos eles conheçam esse tira, pensa Mike. Provavelmente.

Os apostadores retornam e os *farangs* ao redor da mesa riem do fato de eles irem e virem e irem e virem. Os apostadores riem com eles. Eles estão ganhando 7.000 *baht* de um cara de Londres.

Eles revezam entre deixar o cara ganhar e depois ganham em cima dele ainda mais dinheiro. O cara está ficando frustrado, mas pede outro drinque e continua jogando. Finalmente seu amigo americano diz *chega de jogo* e se levanta como se para brigar com os apostadores, o que os deixa confusos. O americano é gordo e traja calça *jeans* e botas de vaqueiro.

Os apostadores o ignoram e jogam entre eles mesmos, fazendo um *show*, manejando os tacos de bilhar como se fossem varinhas de condão. O americano pergunta onde eles acham que estarão dali a vinte anos, como se isso fosse resolver as coisas, ou ao menos fazer com que os caras se sentissem mal. Mas então um dos jogadores, o melhor deles, começa a falar. Ele tem uma filha. Não, ele não tem uma filha. Sua esposa de quatorze anos está grávida, é isso. Fez uma boa grana esta noite. Boa grana. Muito divertido. Só jogou a vinte por cento. Seus olhos mostram que ele está chapado.

O americano manda-o se foder, vira as costas para a mesa de bilhar e começa a flertar com Tweety, a quem Mike assume que ele conhece de alguma outra noite. Tweety flerta com ele também, mesmo que Mike tenha certeza de que ela não quer esse cara. Algo não está certo. O americano fica perguntando para Tweety se ela quer outro drinque. Ela diz que já tem um drinque. O americano agarra o braço de Tweety, solta e agarra novamente. Tweety está rindo e tremendo ao mesmo tempo e diz que não pode ir para casa com ele. Finalmente o americano desiste, mas quer dar a última palavra.

— Tudo bem, passarinho — fala ele de forma arrastada, beijando-a na testa com força — tudo bem. Mas nunca mais me peça para pagar um drinque para você novamente.

Mike e Paul se levantam de seus assentos no bar. Bridget dá um passo para trás e prepara a câmera.

— Vocês ouviram isso? — diz o americano para o bar inteiro, proclamando, sem rir. — Nunca mais vou pagar um drinque para ela. Contanto que ela entenda isso, tudo bem.

— Acho que ela entende — diz Bridget.

34

HOUVE UMA NOITE EM que toda a família, exceto Mike, foi parar na prisão.

Lyle foi o primeiro. Ele raramente ficava bêbado, mas às vezes saía caminhando tarde da noite com uma garrafa de Bourbon nas mãos. Ele gostava da forma como os faróis dos táxis pareciam mais suaves às três da manhã, como as únicas pessoas que ele via na Quinta Avenida eram casais indo para casa. Ele se sentia mais confortável, os passos pesados. Dava uma mijada, sentava na fonte em frente ao Plaza, entrava no Central Park e dava outra mijada. Às vezes ele ficava deprimido, especialmente se os seus pais tivessem estado mais malucos do que de costume, mas normalmente ele apenas deixava que as formas da cidade flutuassem para dentro e para fora de sua mente. Ele tinha o cuidado de ser discreto e tinha sorte.

Mas naquela noite ele foi apanhado. Urinando em público, numa lata aberta. Má ideia, ele sabia. Mas, cara, pensou ele, às vezes você está apertado e tem que mijar. Tudo era terrível quando ele ficava bêbado e era preso. A pior coisa era que seus pais teriam ainda mais um motivo para brigar sobre de quem era a culpa por aquilo ter acontecido. Lyle parecia tão deprimido sob a luz fluorescente amarela do distrito policial, que o sargento disse para ele não se preocupar, pois pagaria apenas uma multa.

Lyle sabia disso, apenas uma multa, mas quando Mike veio pegá-lo na delegacia, ele não parava de se desculpar.

— Quanto incômodo — ele ficava dizendo. — Sei que não foi nada grave, mas quanto incômodo. Desculpe, Mike. — Mike não queria ouvir. Ele detestava quando seu irmão ficava se desculpando.

Mike insistiu em ficar ao lado de Lyle quando ele foi explicar o acontecido aos pais no dia seguinte.

Eles contaram aos pais na mesa do jantar. *Pizza* de entrega em pratos finos e vinho bom e velas, pois os pais haviam acabado de voltar de Long Island. Mike sentiu pena do irmão, que devorou a *pizza* e bebeu o vinho em goles largos. E Lyle sentiu ainda mais pena de Mike, porque ele estava prestes a estragar tudo quando pela primeira vez os pais pareciam estar bem ao redor da mesa, mesmo alegres.

Lyle contou para eles o acontecido e Mike falou como o tira havia dito que não era nada grave.

— Você é um bom irmão, Mike — disse o pai. — Espero que você não tenha ficado com medo — disse ele para Lyle. E parecia que era a única coisa que ele iria dizer.

A mãe balançou a cabeça, mas estava sorrindo. Mike sabia que em outra ocasião ela ficaria irritada, mas hoje não. Ela quase riu, e disse para Lyle que era bobagem.

— Eu sei — disse Lyle. — Estou muito envergonhado. Isso nunca mais vai acontecer.

— Oh, Lyle — disse a mãe. — Não se preocupe com isso. Seu pai foi parar na cadeia na noite passada por dirigir bêbado. — E então ela apagou todas as velas e saiu da mesa.

Quando ouviram isso, ambos imaginaram uma daquelas estradas secundárias de Long Island e os pais dirigindo para casa vindos de alguma festa. Não havia sinais de trânsito, por isso se o pai acidentalmente apagasse os faróis quando tentava sinalizar teria sido aterrorizante para a mãe. E ela iria falar um bocado, dentro do carro.

Os pais não eram no carro os mesmos que eram durante os jantares. Provavelmente beberam demais. E aí um policial os parou.

Os irmãos tinham certeza de que não houve perigo real, pois o pai era ótimo motorista. Ambos tinham andado de carro com o pai após uma ou mais cervejas e nunca tiveram medo. Ele nunca deixaria nada acontecer com eles ou com a mãe. Mas então a mãe tinha sido tão agressiva com o policial quando viu que ele iria prender seu marido, que acabou sendo presa também.

35

MIKE ESTÁ UM POUCO tonto por causa da cerveja e sente o suor frio escorrer pelo pescoço enquanto observa Tweety desaparecer com um homem baixinho vestido de roupa de couro. Mike se pergunta se o cara subindo as escadas segurando a mão de Tweety é um anão.

— É o tio dela — diz Bridget. — E às vezes o cafetão. É a única família que ela tem em Bangcoc, exceto um irmão mais novo.

— É um cara bem pequeno.

— As pessoas têm medo dele. Torna as coisas mais fáceis para Tweety transar por dinheiro.

— Por que as pessoas têm medo dele?

— Ele é um matador — diz Bridget, quase divertida — de uma quadrilha de traficantes de drogas do Norte.

Mike não quer mais pensar em Tweety. Agora dançarinas sobem e descem apoiadas em mastros, nuas exceto por ligas roxas e penas vermelhas em seus cabelos. Mike pensa que elas se parecem com pistões de carne subindo e descendo.

O americano volta e Mike o vê batendo a bota no degrau mais baixo da escada, impaciente, esperando por alguma coisa. E então o tio cafetão de Tweety retorna também e eles começam a conversar. Mike mostra para Bridget, que ele percebe com surpresa, está bêbada também. Ela corre os dedos longos e pálidos pelos cabelos vermelhos e sorri pesarosamente para Mike.

— Pobre Tweety — diz Bridget. — Ela sempre sabe.

— É o trabalho dela — diz Paul. — Mas aquele americano parece ser terrível.

— Deveríamos fazer algo esta noite — diz Bridget. — Vou comprá-la.

Paul balança a cabeça enquanto Bridget caminha em direção ao tio e ao americano.

— O que ela está fazendo? — pergunta Mike.

— Quem sabe? — diz Paul, olhando para o teto e acendendo um cigarro. — Quem conhece a vida?

Mike se levanta e segue atrás de Bridget. Eles todos estão perto da parede, sob a sombra das escadas. Mike chega por trás de Bridget no momento em que ela está falando que vai pagar o dobro do que o americano está pagando. O tio gosta da oferta de Bridget e pede desculpas para o americano, apontando outra garota do outro lado do bar que pode substituir Tweety.

— Nós tínhamos um acordo — diz o americano. — Eu já paguei.

O tio pede desculpas, mas diz que é um homem de negócios e oferece o dinheiro de volta.

— Isso é sacanagem — diz o americano. Ele está suando e o sangue sobe para o seu rosto enquanto ele bate suas botas de vaqueiro. Ele chega a cuspir no chão.

— Que porra você está fazendo? — ele fala para Bridget levando o dedo em riste para o rosto dela. — Você nem vai foder ela.

— Como você sabe? — diz Bridget.

Mike percebe Tweety, agachada na escada, observando.

— Tudo bem, vá à merda — diz o americano. — Eu pago o mesmo.

— Ora, vamos — diz Bridget. — Tem muitas outras garotas aqui. Que diferença faz?

— Vá se foder! — diz o americano. — Você quer pagar mais?

Bridget não tem mais dinheiro. Ela olha para Mike, e ele faz que sim com a cabeça. Sua carteira de couro está cheia de dinheiro. Ele sente os olhos de Tweety nele enquanto ele entrega o diheiro para Bridget.

— Que merda é essa? — grita o americano e aponta o dedo para Mike. — Ela é para você?

Mike não responde nada. O tio rapidamente pega o dinheiro das mãos de Bridget. O americano se vira e chama Tweety de puta e diz que não queria mesmo comê-la.

Quando ele se vira para o tio para pegar o dinheiro de volta, este se foi.

36

A BRIGA COMEÇA COM gritos como uma briga entre crianças.

— Que armação é essa? — grita o americano, empurrando Bridget e dando um murro desajeitado em Mike, mas utilizando toda a sua força. Mike vê que vai levar um murro. O punho do homem vai crescendo em seu campo de visão até ser a única coisa que ele enxerga, mas devido à cerveja seus reflexos estão muito lentos para que ele desvie. O punho acerta Mike no nariz e o sangue vermelho-vivo começa a escorrer pelos seus lábios enquanto ele tropeça para trás como um dançarino desajeitado.

O tira bebendo cerveja em caneca de café vê Mike levar o murro e pousa sua cerveja na mesa. O americano está em cima de Mike, agora arranhando-o. Mike sente o calor do homem, seu peso e os pelos de seus antebraços espalhando o sangue no seu rosto. Mike agita os braços, mas o americano está com uma mão sob seu queixo e o empurra, tentando acertá-lo na têmpora com a outra mão.

— Merda! — Mike escuta Bridget dizer.

Paul começa a puxar o americano, mas o policial o empurra para o lado e bate seu cassetete com força na cabeça do americano. Mike escuta o barulho de algo quebrando e tosse ainda deitado no chão, tendo dificuldade para se levantar quando o americano desmaia para o outro lado.

O policial fala com Mike furioso, mas ele não entende palavra.

Há sangue, gorduroso e fosco, caindo em fios do cassetete de madeira do policial. Ele empurra Mike contra a parede, e Bridget diz para Mike obedecer. Paul está falando ao celular. O tira algema Mike e então coloca algemas também no americano, que ainda está inconsciente no chão.

O tira olha zangado para Mike e tira o rádio do cinto quando Paul diz algo para ele num tailandês não muito bom. Um nome. Ele está dizendo o nome de outro tira. Você o conhece? Ele já está vindo para cá, espere por ele. Quando o tira escuta isso, dá uma porrada com o cassetete na coluna de Mike. O choque sobe como uma corrente elétrica e aquece o pescoço de Mike. Ele já fez isso antes, pensa Mike.

O tira manda todos ficarem longe. Apenas Paul é autorizado a ficar perto de Mike e do americano para poder traduzir. Mike olha para a parede. Ele sente o coração palpitando e escuta Paul e o tira falando sobre dinheiro. Ele se esforça para poder escutar. Deseja poder entender o que está sendo dito no rádio do tira. Subitamente ele percebe que seu destino está viajando através de suas ondas. Antes tudo tivesse sido diferente. Mas quando olha para a parede, percebe com uma estranha alegria que tudo está ferrado. Imagina os horrores da prisão na Tailândia. Mantém seus olhos abertos e não está entrando em pânico, e isso o enche de confiança. Vamos esperar para ver até onde isso tudo vai, vamos ver em que tipo de encrenca um garoto branco de Nova York pode se meter. Será que existe algum buraco no mundo que seja tão fundo a ponto do meu pai não conseguir me resgatar?

De repente, uma batida na porta de metal. Mike se esforça para conseguir ver, virando o pescoço para enxergar o que acontece atrás de si.

Outro tira chega, um tenente, e de alguma maneira Burton chega logo atrás dele. Mike pensa que eles devem ter vindo juntos. Ele os vê por sobre os ombros e vê como o tenente intimida o tira uniformizado. O tenente parece um porquinho. Ele percebe que o tenente porco era o seu contato.

O tira uniformizado relata com reverência o que aconteceu e o tenente resmunga. Mike percebe o ritmo da narrativa, que o americano deu um murro nele e o tira prontamente dominou os desordeiros. Arrisca uma olhadela para cima da escada, procurando por Tweety. Ela sumiu.

Mike escuta Burton e o tenente conversando enquanto o policial tira as algemas dele.

— Como está seu filho mais novo? — diz Burton. — Suas irmãs estão cuidando dele?

— Não gosto de sair na chuva — diz o tenente. — Gosto de ficar seco.

— É claro — diz Burton.

— É muita confusão — diz o tenente, e se vira abruptamente para sair.

Todos no bar estão olhando para eles. O policial uniformizado olha para o americano inconsciente e pede outra caneca de cerveja. O tenente vai embora, se abaixando para passar sob a porta de metal.

Burton passa um braço ao redor dos ombros de Mike. Tudo bem. Está rindo e acalmando Mike, mas ele sabe que Burton teve que usar um favor. Quando Mike começa a se desculpar, Burton diz: — É para isso que servem esses tipos de favores. Fico aliviado que todos estavam de bom humor. Poderia ter sido um pouquinho complicado com esse tenente.

Mike fica se perguntando sobre que tipo de complicação ele está falando.

— Vamos sair para tomar uns drinques — diz Burton, e encaminha Paul e Mike para a saída do clube. Mike percebe que agora os clientes fingem não olhar para ele. Ele vê em seus olhos o medo dele e de seus amigos, seu respeito pelos sobreviventes da confusão. Ele gosta disso.

Seguindo Burton em direção aos fundos do clube, Mike vê uma escadaria de madeira que leva até o segundo andar, cheia de garotas tailandesas. Algumas delas vestem robes. Algumas lá em cima, perto da porta, apenas toalhas. Deve haver uma dúzia delas fumando e conversando e parecendo cansadas como enfermeiras do lado de fora de uma emergência.

Paul e Burton sorriem e cumprimentam a garota mais próxima deles. Antes que Burton pergunte sobre elas, Bridget e Tweety surgem da porta no topo da escadaria. Mike acha estranho ver Bridget saindo daquela porta. Ele fica mais perturbado ainda por Tweety, que agora está vestindo apenas *jeans* e uma camiseta em vez do uniforme de prostituta. Mike também nota sua pele, como parece limpa sem maquiagem, como parece macia.

— Pronta? — pergunta Burton para Tweety.

Ela faz que sim com a cabeça e sorri sem abrir a boca, como se estivesse se preparando para algo que vai doer, mas que é bom para você, como uma vacina.

37

A MÃE DE MIKE LEVOU os filhos ao zoológico do Central Park apenas uma vez. Era bem cedo numa manhã de sábado e ela os acordara e os apressara para fora de casa. Mesmo na pressa, ele tinha visto o pai dormindo de terno no sofá da sala. A mãe fingia estar bastante alegre e ele e Lyle estavam desconfortáveis com isso. Eles não sabiam o que dizer e tiveram muito cuidado para não irritá-la.

— Relaxem — disse ela com uma voz neutra quando eles entraram no Central Park pela Rua 64. — Estamos indo ao zoológico, não para à escola. Ela comprou cachorro-quente como café da manhã de um vendedor de rua num carrinho, outra surpresa, pois eles não eram autorizados a comer comida de rua. Mike e Lyle lembravam desse dia vividamente, pois era incomum estar com a mãe num sábado pela manhã, mas principalmente porque estavam indo ver o urso polar, que era famoso por ser depressivo.

Antes de ver o animal, ela não sabia que havia algo de especial sobre o urso. Ela prendeu a respiração e apertou o ombro de Mike quando o viu. Todo o pelo dos dois lados de seu focinho se fora, deixando à mostra apenas a pele da cor do sangue sob ela. Os três observaram enquanto o urso andou em direção a eles e às barras da jaula sem virar a cabeça até que o focinho estivesse entre as barras de aço pretas. Com uma força deliberada o urso posicionou o quadril, e endurecendo os ombros e o pescoço, começou a esfregar o focinho para cima e para baixo por entre as grades. Os olhos do urso permaneceram abertos durante todo o tempo que ele esfolava o focinho.

Mike lembrava bem que após umas duas vezes que o urso fez isso a mãe olhou para os filhos e disse:

— Eles deveriam matar esse urso.

Quando chegaram em casa, o pai havia preparado sanduíches elaborados para o almoço. Não muito tempo depois, a mãe leu que o urso havia ferido o rosto de um terceiro tratador e seria sacrificado. A mãe cortou o pedaço de jornal com a notícia e pregou na porta da geladeira.

38

MIKE ESTÁ UM POUCO TONTO. Ele consegue sentir algo na cabeça, atrás dos olhos. Parou de chover agora — o ar está fresco — e Burton os está levando para um bar chamado Triple Happiness. Reflexos prateados das luzes dos postes iluminam a rua. Preste atenção ao clima, pensa Mike enquanto caminha entre Burton e Bridget. Isso é o que seu pai sempre dizia. O clima o torna mais esperto, o clima não mente, é real. Atrás deles, Tweety está com Paul, que reconta a aventura.

— A vida não é uma beleza? — diz ele após cada reviravolta da história. Tweety é uma plateia obsequiosa, rindo, fingindo medo e choque. Mike mal presta atenção ao que o outro está dizendo. Ele acha que vê uma garota numa motocicleta, voando rua acima, quase saindo do chão. Isso o assusta.

— Você viu isso? — pergunta ele para Bridget. Ela não tinha visto.

— O tira deve ter batido em você com força — brinca ela.

— É — diz ele —, talvez. — Ele acha que pode ser ou não sua alucinação. Não para para pensar muito no assunto.

Sim, ele para.

39

DENTRO DO TRIPLE HAPPINESS, Mike e Tweety sentam de frente um para o outro a uma mesa. Eles não trocaram uma palavra desde que saíram do bar de sexo. Ela está especialmente bela na escuridão do bar, só sombra e cabelos negros. Ele pensa que ela o está olhando como se ele devesse ser o primeiro a falar, mas permanece em silêncio.

— Talvez você goste de Christopher Dorr — diz ela.

Mike não sabe se ela diz isso porque sabe que vai chamar sua atenção ou porque é verdade, ou ambos. De certa forma, isso é a pior coisa que ela poderia ter dito a ele. Talvez a forma como ela falou. Ele tem certeza de que ela o está sacaneando.

Quando os outros voltam com as bebidas, Tweety se levanta e vai sozinha até o bar.

— Acho que talvez haja algum mal-entendido com Tweety — diz Mike.

— Não é culpa sua — diz Burton —, é a diferença de língua. Tudo vai se resolver.

Bridget segue Tweety, e Mike tenta não ficar olhando. Entre elas e a garota na motocicleta, Mike quer transar com todas as mulheres que conheceu em Bangcoc. Mas está com medo de quê? Ele não tinha medo de transar com Jane. Burton acende um cigarro e oferece o maço a ele.

— Acho que Tweety achou que eu queria contratá-la para esta noite.

— Bom, foi exatamente o que você fez — ri Burton.

— Você sabe o que eu quero dizer.

— Não é nada assim tão complicado, Bridget vai explicar para ela.

— É o que ela está fazendo agora?

— Isso já aconteceu antes.

Mike pensa a respeito. — Nem ao menos fui eu — diz ele —, foi Bridget.

— Eu sei — diz Burton.

Paul se levanta balançando a cabeça e segue Bridget. Mike sente vontade de perguntar a Burton se Paul já dormiu com Tweety. Em vez disso, ele diz que não quer irritar Paul.

— O que você quer dizer com isso? — pergunta Burton, com voz calma e termina sua bebida. — Paul está apenas irritado por causa da polícia. Estou dizendo, tudo vai se resolver.

Mike não tem tanta certeza, mas então eles todos retornam à mesa e Tweety está rindo e sorri para ele. Ela e Bridget foram ao banheiro. Igual às garotas da escola, pensa Mike.

O plano agora é ir para a casa de Burton e fumar maconha, relaxar da loucura dessa noite. E Tweety também vai. Paul e Bridget insistem, como se fosse normal. Mike não participa do convite e Burton também não, muito embora a casa seja sua e a maconha que eles vão fumar, também.

40

NA CASA DE BURTON, eles se sentam no terraço e dividem um cachimbo. Inicialmente, Tweety fica quieta, mas após fumar ela começa a conversar mais, o que faz com que todos fiquem felizes. Todos fazem perguntas e ela fala sobre como é sua vida em Khlong Toei, como manda dinheiro para a família que vive no Norte. Fala sobre o irmão mais novo, que também trabalha na cidade. Ele acabou de comprar uma motocicleta nova, o que é um grande feito. A vila de onde eles vieram é muito pobre, muito remota, muito pequena. Ela diz entender por que o governo está assassinando os usuários de drogas, mas não concorda. Ela usa o termo "excesso de força" como um novo eletrodoméstico que ela não quer quebrar.

Mike pergunta a Tweety se ela já provou *yaa baa*. Ela ri, já chapada.

— Só provei uma vez — diz ela —, me fez ter vontade de matar um *farang*.

— Quem? — pergunta Mike de brincadeira, mas então percebe que sua pergunta deixou todos desconfortáveis.

Mike agora está chapado o suficiente para perguntar novamente a respeito de Dorr, que é o que ele quer fazer de verdade. Ele espera por uma oportunidade. A conversa gira, para e recomeça. Todos falam sobre como as famílias são malucas. A família de Burton o despachou para estudar no exterior. O pai de Bridget trabalhava num zoológico. Mike começa a falar sobre seus pais também, o que sabe que não é boa coisa.

— São iguais a todos os outros — diz ele, tentando se concentrar apesar da maconha, mas, enquanto fala, percebe que está falando demais. — Bêbados, loucos. Eles fazem isso à moda antiga. Estigma. Ora, eles conseguiram chegar até aqui.

Mike acende um cigarro e tenta se acalmar, determinado a não falar sobre os ataques de nervos não diagnosticados, ignorados. — Mas você tem que confiar que as pessoas podem tomar conta de si mesmas — continua ele —, tudo isso faz parte do pacote.

— Ainda não perderam a cabeça? — pergunta Bridget.

— O melhor treinamento para um artista é uma infância infeliz — diz Burton.

Quanto clichê, pensa Mike.

Harrison aparece com uma garrafa de Bourbon. — O brigão está aqui? — pergunta ele, rindo.

— Eu gostaria de ver neve — diz Tweety.

Bridget, Paul e Burton querem sair do ramo de jornalismo, fazer arte e algum dia voltar para casa, mas Tweety gostaria apenas de ver neve. Ela nunca viu neve, a não ser em filmes, e não consegue imaginar como é estar nela. Especificamente, ela gostaria de estar no meio de neve caindo do céu, olhar para cima e pegar flocos de neve com a língua.

— Que se foda a neve, e eu nunca vou voltar para casa — diz Harrison, coçando a cabeça raspada com uma mão e servindo o Bourbon com a outra. — E você, Mike?

— Eu também quero ir para casa — diz ele. — Mas apenas para o meu hotel.

Todos eles riem.

Mas de repente é como se um alarme tivesse tocado dentro de Tweety. Ela diz que tem que ir embora. Agradece a Burton formalmente.

Observando-a levantar-se e arrumar suas coisas, Mike novamente sente-se atraído pelo seu corpo e se pergunta se talvez ele devesse levá-la para o hotel com ele, afinal de contas. Tweety sorri para ele e diz obrigada, muito séria. Ela estende a mão para ele, e quando se cumprimentam ele sente sua pele macia. Ela se levanta e sorri novamente para todos e então sai pela porta. Vista por trás, ela se parece com qualquer outra garota que Mike poderia ter conhecido em seu país, indo embora de *jeans* e camiseta após uma festa.

41

O PAI DE MIKE ESTAVA cheio de remorso por ter dormido com a irmã de Dorr. Ele tentou explicar seus sentimentos para ela, mas isso a deixou ainda mais furiosa. Ela entendeu que era supéflua, apenas uma ferramenta. Eles nunca mais se falaram.

A mãe de Mike terminou o relacionamento com Dorr antes do Natal. Ele era muito frenético e ela achou que talvez tivesse cometido o pior erro de sua vida. O pai de Mike não queria reatar o namoro. Ela pediu a Analect para agir como intermediário, a seu favor. Ele disse que faria o que pudesse para ajudar, mas então deu em cima dela. Ele falhou, é claro.

Dorr se mudou para outra casa e ele e a irmã se separaram dos outros três. A primeira notícia que o pai de Mike recebeu deles, mais ou menos um mês após a formatura, foi de que a irmã havia voltado para Nova Orleans e estava grávida. O pai de Mike se perguntou o que ela iria fazer com o bebê, mas não tentou descobrir, embora tivesse certeza de que o filho era seu.

42

MIKE NÃO SE LEMBRAVA de como Tweety voltou silenciosamente para o apartamento de Burton, nem dela se despindo. Ele apenas lembrava dela nua, aparecendo sobre ele quando ele acordou no sofá de Burton. Mike ainda estava bêbado e grogue por causa da maconha quando ela começou a despi-lo, e então ele ficou nu da cintura para baixo. Ele se lembrava de alguns fragmentos de imagens. A inclinação das costas dela enquanto colocava uma camisinha nele. O véu dos seus cabelos negros roçando o rosto dele e a única coisa que ela havia dito, "você pagou por mim, agora eu quero retribuir". Depois disso, Mike não pensou em nada além dela, seu corpo e até tentou satisfazê-la, embora ele soubesse que era como uma criança para ela.

Ele não se lembrava dela indo embora.

43

MIKE ACORDA SUANDO sob um raio de sol no sofá de Burton. Ele se senta, pega um pedaço de papel e começa a escrever um bilhete para Burton, mas enquanto ele está escrevendo, Burton surge vindo do quarto. Através da porta, Mike vê Bridget deitada num emaranhado de lençóis. Ela está linda, porém muito distante, como uma bela pintura a óleo de um nu visto do lado errado de um telescópio. Burton parece fresco e limpo em sua camisa de seda, seus cabelos loiros presos no coque.

— Você quer ficar para o café? — pergunta Burton. — Acho que vou fazer uns ovos e outras coisas.

Mike explica que quer voltar ao hotel. Checar mensagens, encontrar Bishop, fazer mais perguntas para sua reportagem. Ele vai tentar ir a um ou dois clubes essa noite e fazer mais algumas perguntas. Vai descolar umas drogas e ver como é o lance entre os vendedores de drogas e os mochileiros. Vai andar nas favelas sozinho.

— Bom, então tudo bem. Ligue para a gente mais tarde para tomarmos uns drinques, certo?

— Com certeza.

— Quando você quiser. Mesmo.

Na verdade, Mike não tem planos de ir a lugar algum até o dia seguinte, quando Harrison vai apresentá-lo a Christopher Dorr.

Do lado de fora, a claridade do céu cai sobre ele e ele se pergunta onde estará Tweety.

44

DEIXANDO O HOTEL novamente após tomar um banho, Mike checa na recepção se há alguma mensagem. Nenhuma. Mas há um envelope selado esperando por ele. Ele sabe quem mandou.

Ele atravessa a rua em direção ao café e pede um café e *noodles* com ovos. Acende um cigarro e aguarda o café chegar antes de abrir o envelope, apenas algo para ler, como teria sido o jornal se estivesse em casa.

A carta é de Bishop, claro, e brevemente apologética. Ele diz saber que Mike se conectou com Burton e que todos vão se encontrar nos próximos dias para comparar notas.

— Aproveite a estada e fique fora de encrencas — é como ele termina a carta.

Mike sabe que vai ficar fora de encrenca. Ele já conseguiu informação o suficiente para uma matéria idiota sobre mochileiros. Já terminou. Ele vai sair novamente essa noite com seus novos amigos, mas agora não há mais pressão. Ele já fez o suficiente. Então hoje ele se permite tirar a tarde para ir ver um templo budista. Vai ver o Buda de Esmeralda. Tem certeza de que vai gostar. Todos na família gostam de igrejas, mesmo que ninguém goste de religião. Ele acha que faz sentido e está tudo certo. *Ritual*. A conta chega e Mike a pega com as duas mãos e um silencioso obrigado, já que ele aprendeu a aceitar e oferecer coisas para as pessoas em sinal de respeito.

45

ATÉ TER ENTRE DOZE e treze anos, Mike rezava todas as noites antes de dormir. Ninguém em sua família havia dito ou ensinado isso para ele, mas ele o fazia mesmo assim. Fizera isso por tanto tempo, que nem se lembrava.

Na verdade não eram orações. Eram suas últimas palavras. Ele pensava, quando era pequeno, que se ele morresse antes do dia seguinte chegar, queria ter escolhido suas últimas palavras. Então o fazia e as dizia em voz alta ou num sussurro se estivesse no quarto que dividia com o irmão em Long Island. De alguma forma o fato de ele dizer as palavras fazia com que tivessem mais chances de se tornarem realidade.

Mike nunca mencionava nenhum Deus nessas últimas palavras, nem nada específico sobre sua vida nem fazia pedidos. Na verdade, não falava muita coisa, exceto por uma breve e particular afirmação sobre como ele se sentia com relação à sua família e por estar vivo. Ele jamais mencionou isso a alguém. Lyle sabia que o irmão dizia alguma coisa antes de dormir, mas nunca perguntou a respeito.

Mike não dava nome ao que ele fazia e nunca havia pensado que o que fazia era estranho até ter dezesseis anos e parar sem pensar.

Na noite anterior à sua viagem para a Ásia, ele disse suas últimas palavras novamente. Não fazia isso havia anos, e as palavras simplesmente brotaram da sua boca e o envergonharam e então não conseguiu mais dormir. E adicionou ao seu depoimento habitual: — Somos todos invencíveis até o primeiro ataque do coração.

Isso é uma ideia moderna.

46

KHAO SAN ROAD NÃO PARECE tão complicada quanto há dois dias, mas enquanto caminha para encontrar o templo, Mike se perde. As ruas laterais se alargam e o calor e a poeira do trânsito tornam a caminhada desagradável. Ele para para fumar um cigarro, observando um jogo de futebol em um parque. Os meninos jogando são jovens, ainda não atingindo a puberdade, e se movem como insetos idênticos para cima e para baixo no campo. Mike não consegue distingui-los, não consegue escolher um deles para acompanhar. Sou mesmo um *farang*, pensa.

Continua a caminhar, virando a Khao San Road na próxima rua larga, quando vê o pináculo do templo. É fino e brilhante, penetrando a cortina de fumaça e neblina. Toma a direção do templo, mas se depara com uma estrada de seis faixas que se move como uma rodovia. Motoristas de *tuktuks* implacáveis competem com caminhões pelas faixas centrais e as motocicletas andam em zigue-zague por entre eles. O templo está do outro lado da rodovia. Mike anda paralelamente a ela.

Não há local para atravessar, mas ele vê um homem trajando *jeans* e botas com cadarços desamarrados na margem da rodovia e seu tráfego intenso. O jovem observa casualmente por alguns instantes e então dá um primeiro passo rápido, iniciando uma corrida controlada através do tráfego. Mike para, certo de que o homem será atropelado quando este desaparece atrás de um ônibus. Ele ouve freios e buzinadas. Mas então o ônibus passa e o homem está do outro lado da rodovia caminhando calmamente. Mike pensa por alguns momentos e decide que não é maluco. Atravessar essa rodovia não é para *farangs*.

Mike está andando em frente ao que ele acha que são prédios municipais, pálidos e feios, mas agora percebe que bem atrás dele está a Galeria Nacional. O prédio é pouco notável e sem nenhum letreiro, a não ser uma pequena placa na porta. Na entrada, pingos de ar-condicionado e Mike quer fugir do calor.

Na antecâmara, uma mulher sonolenta de tranças atrás do balcão de informações aponta para uma placa em inglês com o preço. Mike tem exatamente o valor, pois ele compra tudo com notas grandes, o que é mais fácil do que calcular o valor na moeda estrangeira. Entretanto, aqui ele está sem pressa, sozinho com a mulher sonolenta, por isso ele calcula o preço e entra no silêncio fresco do museu.

Arrumados em fileiras na primeira ala estão manequins, e Mike caminha sozinho por entre eles. Os manequins são brancos, carecas e mais altos do que qualquer tailandesa que ele conheceu. Eles estão vestidos em longos vestidos de baile, alta-costura bem estranha. A moda é feia, como roupas de época malfeitas utilizadas em filmes de Hollywood. Alguns dos manequins têm enormes perucas. Outros usam cintos com padronagens de pássaros ou flores de lentejoulas ao redor de suas cinturas. A paleta de cores lembra vidro colorido, desbotado como se por excesso de lavagem. Mike pensa em São João, o Divino, em Nova York, e as estranhas auréolas que ele viu no escuro da igreja quando era garoto.

Alguns dos vestidos são decotados. Os seios dos manequins seguram alguns deles. Um vestido, cheio de penas roxas, está aberto da clavícula ao gancho e Mike puxa o tecido gentilmente para cobrir um mamilo ereto.

Todos os manequins olham para a mesma direção, e Mike pensa numa descoberta feita na África sobre a qual seu pai comentou com ele. Um arqueólogo encontrou oito grandes cabeças de gato arrumadas no sepultamento, todas olhando para a mesma direção. Evidência, segundo o arqueólogo, de religião. Ritos pagãos durante o Neolítico Superior, quando havia mais de uma raça de homens. Jane havia dito que arranjar as cabeças dos gatos deve ter sido um momento de grande transformação. Como as primeiras pinturas nas paredes das cavernas, o início da vida sedentária. A mudança. Ele não via a mesma coisa acontecendo com os manequins, mas ao menos havia o ar-condicionado.

O silêncio é quebrado por risadas e um jovem barrigudo com cabelos emaranhados cor de cobre entra na ala, os braços ao redor de uma garota branca com saia de couro, *piercings* e batom escuro. Eles estão rindo de alguma coisa e parecem chapados. Ao ver Mike eles ficam quietos e o rapaz abafa outra risada. Sua camiseta tem uma caveira com uma cobra saindo das órbitas e está desbotada e manchada de suor.

Mike decide se juntar a eles.

— Estranho, não? — diz ele, apontando para os manequins de plástico.

O rapaz da caveira olha para ele.

— Quero dizer, os manequins — repete ele e dessa vez o Rapaz da Caveira cutuca a Garota de Piercing e aponta para Mike, dizendo rapidamente algo para ela numa linguagem romântica que Mike não consegue distinguir.

— Ah, sim. Muito estranho — diz a Garota de Piercing. — Me desculpe, meu amigo não fala inglês — a voz da Garota de Piercing é lenta, soprano e carregada de sotaque. Talvez francês.

— Vocês vieram ver a exibição? — pergunta, embora veja que eles apenas tropeçaram para dentro da galeria, assim como ele.

— Oh, não. Estávamos com calor e não conseguíamos cruzar a rodovia. — Ela diz *rodo via* como se fossem duas palavras e fizesse uma pergunta.

— Mas acho que são maravilhosos — diz ela e começa a andar de um vestido para o outro, tocando o tecido de cada um deles entre o dedão e o indicador.

— O que os traz a Bangcoc? — pergunta Mike.

— Somos apenas turistas — sorri a garota. — Fomos a clubes e coisas do tipo.

Esses vão ser moleza, pensa Mike.

— Eu tenho vontade de ir a clubes também — diz ele. — Vocês conhecem algum bom?

— Ah, sim — diz ela. — Vamos todas as noites. Ele ama os clubes, mas tenho que forçá-lo a vir a outros lugares durante o dia. — Ela faz uma pausa para falar com o Rapaz da Caveira em sua língua e ele levanta as sobrancelhas e Mike acha que entendeu a palavra *droges*.

— Vocês viram drogas nos clubes?

A Garota de Piercing ri e imediatamente traduz a pergunta para o Rapaz da Caveira, que ri ainda mais.

— Ah, sim. Drogas em todos os cantos — diz ela num suspiro. — Esse é o lugar para isso. Férias, não? — Ela tirou um brinco prateado do nariz e o colocou no nariz de um manequim trajando uma roupa de filó amarelo. — Ela é melhor que o Buda de Esmeralda, não?

— Vocês gostaram dos templos? — pergunta Mike. — Eu queria ver aquele do outro lado da rodovia.

A Garota de Piercing beija o manequim na boca. O Rapaz da Caveira balança um outro e diz em voz alta uma ideia para a Garota do Piercing e ela ri.

— O que ele disse?

— Ele disse que deveríamos derrubar um e deixar que um caia em cima do outro, como se diz, como um...

— Como dominós — diz Mike.

O Rapaz da Caveira está tentando impressioná-la e ela vira os olhos, mas ri. Ele vai fazê-lo. Mike instantaneamente olha ao redor para ver se há algum guarda ou policial, embora saiba que não há nenhum deles na galeria. O Rapaz da Caveira balança, balança e então a galeria silenciosa é blasfemada por uma cacofonia de mulheres de plástico.

47

CERTA VEZ LYLE DESAPARECEU por dois dias. Era agosto.

Mike foi acordado por gritos no meio da noite. Na manhã seguinte quando desceu, viu o espelho antigo da cozinha estilhaçado no chão e um abacaxi verde entre os destroços, como se tivesse sido arremessado da fruteira no balcão da cozinha. Lyle e um dos carros sumiram durante todo o dia. Quando Mike ligou para seu celular, o telefone tocou em cima da mesa da entrada. Mike tinha certeza de que o irmão estava bem — Lyle era extremamente competente e bom motorista —, mas isso era estranho.

O pai não desceu do quarto até a parte da tarde. Mike ficou fora da cozinha e não falou com o pai até que os pedaços do espelho fossem limpos. A mãe retornou no início da noite, explicando que levantou cedo e passara o dia inteiro resolvendo coisas. Ninguém falou nada sobre o espelho ou o abacaxi.

Na hora do jantar, Mike podia perceber que os pais estavam ansiosos por causa de Lyle. Mas de alguma forma não estavam ansiosos o suficiente. Como se soubessem o que estava acontecendo. A grande casa parecia estar quente e opressiva. Mike deu uma longa caminhada na praia antes de voltar para a casa e ir para a cama e apenas porque sempre foi curioso e estava se sentindo frustrado e sinistro, se ajoelhou na areia e bebeu água do mar de suas mãos em formato de concha, só para ver que gosto tinha.

Na manhã seguinte, Lyle ainda não havia retornado. A mãe dele ligou para todos os amigos do filho, que disseram não saber onde ele estava. Ao entardecer ela já estava ficando histérica, mas o pai de Mike a acalmou, embora Mike não saiba como. Eles deram outro dia a Lyle.

Lyle chegou na hora do jantar. Ele não explicou onde esteve, e a mãe, que Mike suspeitava tinha sido orientada pelo pai, não perguntou nada. Quando se sentaram para comer, Lyle se abaixou perto da mesa e pegou um estilhaço do espelho, que fora esquecido na limpeza, e olhou para os pais antes de jogá-lo na lixeira da cozinha com uma cesta de três pontos perfeita.

Mais tarde naquela noite quando Mike perguntou ao irmão o que havia acontecido, ele disse:

— Sete anos de azar.

48

OS TRÊS SAÍRAM CORRENDO da galeria, entrando no calor da rua e correram até a esquina, onde finalmente pararam. O Rapaz da Caveira ainda está rindo enquanto recuperam o fôlego. Mike percebe que este será o ponto alto de sua viagem. Após um momento, o Rapaz da Caveira começa a ir embora, mas a Garota de Piercing permanece ali, olhando para Mike. O Rapaz da Caveira chama por ela. Mike não entende o que ele diz, mas sabe que ele quer a Garota de Piercing só para ele.

— Tudo bem, tudo bem — diz ela, mas então pergunta a Mike se ele gostaria de ir tomar um drinque.

Mike, pego de surpresa responde: — Claro.

— Então vamos.

— Eu tenho que estar em um lugar — mente ele. — Eu estava apenas matando tempo.

— Hoje à noite?

— Claro, obrigado.

— Você conhece Chart?

— Perto da Khao San Road?

Mike não conhece Chart, mas é claro que é perto da Khao San Road. Talvez ele vá, mas a Garota de Piercing nem é tão bonita assim. Sem nada a perder, ele pergunta se ela ouviu falar de um Christopher Dorr.

— Não nos lembramos do nome de ninguém — diz ela.

Mike olha o pináculo do templo do outro lado da rodovia e se vira para andar de volta ao hotel, desejando ter conseguido ver o Buda de Esmeralda.

49

O PAI DE MIKE TRAJAVA um sobretudo preto e longo, e Mike segurou na aba do casaco enquanto subiam as escadas da catedral. Ele se lembrava de ver o prédio de pedra, grande e cinza, à frente deles, por cima do ombro do pai. Lyle era mais velho e saltou os degraus largos cobertos de neve. Ele estava com pressa. Quanto mais rápido formos para a cama, explicara ele a Mike, mais rápido nós acordaremos.

A mãe havia dito que o pai não deveria fazê-los ir à igreja.

— Você gostaria de ir? — perguntou ele para ela.

— Você gostaria de ir para a festa? — perguntou ela para ele.

Ela estava indo para uma festa de Natal na Quinta Avenida. O trato era que eles se encontrariam em casa antes da meia-noite. Isso era bem razoável, e fazendo acordos razoáveis eles ficariam bem e não enlouqueceriam. E daí se eles não ficariam juntos o tempo todo. Férias são arbitrárias, o pai havia dito para eles, embora Mike soubesse que ele estava mentindo para fazer com que todos se sentissem bem.

— Há um motivo para a importância do ritual.

50

DE VOLTA AO HOTEL, MIKE toma um banho frio e pensa sobre como não tem chance de ele ir ao Chart. Há três dias ele teria se forçado a ir, pela matéria, mas a história é bobagem, ou pelo menos é uma história diferente agora. Não é sobre mochileiros devorando pílulas. É sobre *farangs* que não sabem de nada, que se metem em encrenca. É sobre mim. E às vezes é melhor que os *farangs* fiquem no seu quarto de hotel.

Quando o telefone toca, Mike fica debaixo do chuveiro. Se for Burton, deixe que ele pense que estou fora, pensa Mike. Eu disse que ia sair. O telefone para e não volta a tocar novamente. Nem era assim tão importante.

Ele deita na cama nu e assiste às notícias internacionais para matar o tempo. O telejornal é estranho, e os apresentadores têm sotaque, muito diferente dos telejornais americanos, mais interessantes. Uma bomba explodiu em Moscou e ninguém admitiu autoria. Confronto entre policiais e rebeldes no Haiti e os sacerdotes vodu cacarejam nos becos e dançam à luz do luar. Um bebê com duas cabeças morre em Santo Domingo apesar de especialistas em bebês de duas cabeças do mundo todo terem voado para lá. Mike pega no sono enquanto as notícias se sucedem.

Ele acorda às onze horas. A Garota de Piercing já era. Ele quer voltar a dormir, mas está com fome e decide ir ao McDonald's no saguão do hotel. Bem típico de um *farang*.

A caminho da lanchonete, Mike para em frente à porta do quarto de Bishop e ouve. Ele se pergunta onde Bishop está realmente. Talvez sua "melhor garota" seja sua esposa e ele tenha uma família em Bangcoc que nunca viu seu apartamento num arranha-céu em Hong Kong. É mais provável que Bishop esteja em alguma casa de madeira com uma prostituta de treze anos. Mike não ouve nenhum barulho atrás da porta.

Comendo seu *cheeseburger* duplo, Mike continua a meditar sobre Bishop, que, ele decide, está se comportando mal. Existe um código e Bishop não o está seguindo. Analect não vai gostar da forma como Bishop desapareceu. Analect vive conforme seu código, Mike tem certeza disso. O mesmo código segundo o qual vive o pai de Mike. Tem a ver com ação. Tem a ver com sempre fazer o seu trabalho, antes de qualquer coisa. Mike ouviu seu pai dizer isso para sua mãe diversas vezes, quando ela reclamava que ele estava trabalhando demais. Bishop não está fazendo seu trabalho, pensa Mike, por isso ele é um idiota.

Na verdade há idiotas por toda a parte. Um garoto americano, mais ou menos da idade de Mike, está falando para a tailandesa com acne atrás do balcão que ele não quer o sanduíche com picles.

— Eu disse que não quero picles — o garoto está começando a falar alto.

A garota entrega para ele a bandeja com as duas mãos e uma leve reverência. O garoto percebe Mike o observando e vai sentar junto dele.

— Vê? — ele levanta o pão, mostra a Mike o picles no seu *cheeseburger* e o retira com má vontade. Mike dá de ombros. O garoto diz a Mike que está indo para uma Festa da Lua Cheia na praia, mas ouviu falar que está havendo checagem de drogas na entrada. — Que merda — diz ele.

Olhando para esse garoto, Mike pensa a respeito dos códigos. Analect e seu pai, em celas de prisão adjacentes, tamborilando as juntas dos dedos ensanguentadas nas paredes de concreto. Linguagem secreta. Um sistema formalizado de fraude, pensa Mike. Os códigos encobrem a verdade. Como todas as conversas de seu pai sobre ação. Como a maquiagem de Tweety.

Então Mike para de pensar, porque Tweety entra. Ela o vê e anda em sua direção. O garoto idiota para de mastigar.

— Eu gosto de Big Mac — diz ela. — Podemos comprar alguns e ir para o seu quarto?

51

— SEXO NÃO IMPORTA — DIZ TWEETY. — Não é mais importante. — Mike e Tweety sentam lado a lado no pé da sua cama comendo Big Mac.

— Agora estamos quites — diz ela entre uma mordida e outra. — Talvez você possa me ajudar — ela é tão frágil, que vê-la devorando o enorme Big Mac é grotesco.

— Vou tentar — diz Mike. — Você precisa de ajuda com o quê?

— Não quero mais trabalhar para Harrison. Ou Mickey Burton. Posso trabalhar para você?

— Não posso contratá-la, Tweety. Eu nem mesmo tenho um emprego de verdade, ainda.

— Você pode me arranjar um emprego como o seu?

Mike pensa sobre como conseguiu esse emprego. Como tudo começou trinta anos atrás entre Analect e seu pai.

— Eu não sei — diz Mike.

— Eles não vão me deixar sair.

— Harrison?

— Diga a eles para me deixarem em paz, por favor. Eu quero ficar em casa.

Então Tweety se levanta antes que Mike possa dizer alguma coisa e coloca o Big Mac dentro da bolsa e vai embora.

De repente Mike se sente exausto e fica grato pelos lençóis limpos.

52

EM HONG KONG, ASSIM QUE Mike ficou sabendo que iria para Bangcoc pesquisou sobre Christopher Dorr na internet. Ele se sentou em seu cubículo no escritório acarpetado do jornal e leu tudo o que conseguiu encontrar. Christopher Ames Dorr estudou em St. Bernard's, Exeter, Harvard, e finalmente Oxford sobre sobre o Oeste da Ásia. Ele havia ganhado numerosos prêmios por seus trabalhos investigativos; o mais famoso deles, uma matéria de capa sobre o povo *Wa* que plantava ópio para o cartel de um senhor da guerra ao longo da fronteira ao nordeste da Tailândia. Mike leu a matéria. Ela ia tão profundo na cultura, que era como se Dorr fosse *Wa* ele mesmo.

Na página dos colaboradores, Dorr era caracterizado como um jornalista destemido que já tinha viajado o mundo inteiro. Mike também encontrou duas fotografias. Na primeira delas, Dorr estava no canto da foto do time de boxe de Harvard. O pai de Mike estava na mesma foto. A segunda era uma foto de Dorr com alguns aldeões em algum campo remoto. O crédito da foto, Mike havia notado, era de Harrison Stirrat.

Mike tinha a intenção de perguntar a Harrison sobre a foto. Não sabe por que não o havia feito. Tendo guardado isso para si mesmo por tanto tempo, sentia agora como se fosse um segredo ruim. E agora ele tinha um outro sobre Tweety.

53

MIKE ACORDA COM BATIDAS na porta do seu quarto, três batidas fortes que o arrancam do sono. É Harrison, que diz ter ligado na noite passada, mas ninguém atendeu.

Mike se veste o mais rápido que pode e segue Harrison pelas escadas. Eles cruzam a Khao San Road como se fossem donos do lugar. Harrison não olha duas vezes para nada. Quando chegam à sua motocicleta, azul e limpa, Harrison diz a Mike que houve mudança de planos. Ele tem que ficar em Khlong Toei, assim podem ir embora juntos quando Mike terminar de conversar com Dorr. Ótimo, pensa Mike. Uma carona de volta.

— Eu tenho que ficar lá — diz Harrison com uma certa irritação em sua voz. — Porque Tweety mudou o plano.

— O que aconteceu? — pergunta Mike enquanto sobe na garupa da moto.

— Tenho que falar com ela. Não queremos que as coisas se compliquem.

Mike fica pensando naquela palavra.

Harrison olha para Mike por sobre os ombros. — Ela mudou de ideia a respeito de nos apresentar ao seu irmão. Muito idiota.

Isso não soa muito legal para Mike, mas antes que ele possa dizer qualquer coisa, Harrison liga o motor e lança por terra qualquer possibilidade de conversa.

A viagem de motocicleta é longa, mas passa rápido para Mike. Enquanto passam por Khlong Toei, os prédios dão lugar a choupanas de latão e casebres de madeira, alguns separados por cercas quebradas que lembram correntes. O sol está muito quente, refletindo nas ruas de concreto. Há cães por toda a parte, em grupos ou correndo sozinhos. Quando diminuem a velocidade, a vizinhança cheira a fruta e óleo de motor. Mike escuta galos cantando em algum lugar próximo. Harrison não desliga o motor quando eles param.

A casa quadrada de Christopher Dorr se ergue sobre estacas entre as choupanas e casebres. As janelas estão fechadas com grandes persianas de madeira cinza.

Ao menos Harrison os apresentará.

Mas na verdade ele não o fará.

— Apenas bata na porta — diz Harrison.

— Você tem certeza de que ele está em casa? — Mike percebe a hesitação em sua própria voz.

— Ele está sempre em casa. Apenas continue batendo. Vou estar na próxima rua — Harrison aponta para a rua. Uma mulher banguela com os pés deformados, não muito velha, passa resmungando por eles quando Mike desce da moto. Ela olha para ele com suspeita. Mike consegue ver o pináculo de um templo a distância.

— Venha para a motocicleta quando você tiver terminado — diz Harrison. — Você irá vê-la. Ou então eu virei pegá-lo se terminar antes de você.

Harrison se ajeita na moto, olha para Mike, que está olhando para a casa de Dorr.

— Você tem certeza de que quer ficar?

Mike responde que sim e Harrison acelera sua moto azul, desaparecendo ao redor da esquina, deixando Mike de pé sozinho em frente à casa de Dorr com muitas perguntas.

Que se foda, pensa Mike, nós estudamos na mesma faculdade.

54

O PAI DE MIKE SEMPRE falava sobre como ele estava ansioso para visitar Harvard agora que Mike estudava lá, mas quando chegou, Mike notou que ele não falava muito. Era como se Harvard o lembrasse de algo que ele não esperava recordar e, seja o que for, o desarmou.

O pai de Mike queria dar uma caminhada à margem do rio, então eles caminharam para lá. Tinha a ver com o casamento de seus pais.

O pai e a mãe de Mike haviam reatado o namoro quatro anos após a formatura. O pai havia estado no Vietnã e estava de volta a Harvard, estudando na Escola de Negócios. A mãe trabalhava com Relações Públicas em Nova York, em sua maioria trabalhos não remunerados. Quando ela soube que ele estava de volta a Cambridge, ela foi até lá e o convenceu de que fazia sentido.

Ele estava tendo um semestre difícil. Não estava certo de que queria cursar a Escola de Negócios. Na verdade, a família de seu pai o havia forçado. E ele não tinha certeza se deveria ter perdoado a mãe de Mike. De alguma forma tudo parecia impertinente e ele estava nervoso por sua vida não ser somente sua.

Num dia frio de outono, quando ele estava particularmente perturbado, se sentou à margem do rio num banco e ficou pensando, fumando e arranhando a madeira do banco com um canivete. E então ele descobriu que o canivete começou a esculpir letras e descobriu que estava escrevendo — Você quer se casar comigo? — no banco. E de certa forma fez sentido.

A forma como ele o fez foi meio cafona, e mais tarde ele ficava envergonhado cada vez que ela contava a história, o que ela gostava de fazer e fazia muito bem. No ar limpo e frio de novembro, ele mostrou para a mãe de Mike a inscrição à luz do seu isqueiro Zippo, dessa forma propondo casamento.

Ela olhou a inscrição e falou: — Você quer tentar parar de fumar?

Ela não gostava de cigarros e bebidas fortes, o que era incomum para a sua geração.

— Qualquer coisa — dissera ele.

— Vamos ser os melhores — disse ela, que estava certa de que eles conquistariam tudo. Não teriam filhos logo, seriam apenas eles dois por algum tempo.

O pai de Mike havia deixado o maço de cigarros no banco naquela noite. Entretanto, ele não parou de fumar e sua nova noiva aprendeu a fumar com ele.

Analect estava na Europa, trabalhando para o *Herald Tribune*, quando ficou sabendo. Ele também tinha ido para o Vietnã, mas então foi para a Europa em vez de à Escola de Negócios. Ele voltou para o casamento e foi o padrinho. A partir de então, manteve contato com o pai e a mãe de Mike enquanto sua carreira acelerava pelos vários degraus do mundo editorial. Ele também manteve contato com Dorr, que já tinha feito seu nome, primeiro no Vietnã, depois no Oriente Médio, onde ele ganhara um Pulitzer no Setembro Negro. Pouco depois do casamento, ele mandou um cartão-postal cruel de Beirute, que dizia — Eu ganhei o Pulitzer. Ouvi dizer que ele ganhou a garota. Como está você, Elliot?

As eventuais visitas de Analect aos pais de Mike sempre tinham alguma aspereza. Ninguém nunca falava sobre Dorr. Anos mais tarde, quando Analect assumiu o escritório na Ásia, não contou aos pais de Mike que era agora chefe de Dorr. Mesmo quando o pai de Mike ligou para perguntar a respeito de um estágio para Mike. Analect disse para mandar o garoto. E então ele mandou Mike atrás de Dorr.

55

MIKE SOBE OS DEGRAUS DE MADEIRA, pisando cuidadosamente sobre tábuas apodrecidas. Três gatos que estavam correndo se dispersam no pórtico à frente dele. O pórtico é pequeno, com um telhado e uma mala pendurada numa viga, cujo conteúdo está vazando. Há também uma motocicleta enferrujada parcialmente escondida sob uma lona amarelada e um carrinho de bebê sem rodas. Latas de lixo estavam tombadas no chão. Moscas. Os gatos perambulando pelo lixo.

Do pórtico de Dorr, Mike tem uma visão da vizinhança, uma extensão de telhados enrugados e enferrujados brilhando com o sol. Entre eles Mike vê crianças, cães e cordas de varais. Do outro lado da rua, três homens em cadeiras de jardim detonadas estiveram fumando cigarros e observando-o enquanto ele subia as escadas. Eles olham para Mike olhando sua vizinhança.

Mike se vira para a porta, chutando um bebedouro de cachorro. Ele sente a água salobra e quente molhar seu tornozelo. O bebedouro é de plástico amarelo com o nome Carrie, escrito à mão. Mike salta o prato e bate à porta. Ninguém responde. Ele estará em casa, havia dito Harrison, apenas continue batendo. Mike bate novamente. Pode sentir os olhos dos homens do outro lado da rua enquanto continua batendo.

Silêncio.

Mike quer ir embora. Seu instinto diz para cair fora desse lugar. Seu coração bate forte. Ele tenta manter o foco. Bate três vezes. Silêncio. Espera e fica escutando e se pega prendendo a respiração. Bate mais três vezes e respira fundo. E agora, através do silêncio, escuta um arrastar de pés e então um ganido e o som de algo sendo arranhado.

Uma fechadura é aberta. Mike ouve respiração.

— Sr. Dorr? Meu nome é Mike. Acredito que o Sr. Analect deve ter escrito para o senhor em nome da Revista.

Mike acha que escuta raiva do outro lado da porta enquanto ouve outra fechadura sendo aberta. Subitamente a porta se abre e Mike dá de cara com enormes óculos de sol que abraçam um rosto esquelético e triangular.

— Sr. Dorr? — Quando Mike estende a mão o homem o cumprimenta ironicamente e sorri.

— Você veio até aqui — diz Dorr, parecendo estar drogado. Ele gesticula com as mãos para que Mike entre.

Mike entra na casa, momentaneamente cego pela escuridão. Como tinta, pensa ele, piscando no escuro. Dorr fecha a porta atrás deles e Mike se vira para vê-lo retirar os óculos e mover-se lentamente em direção a uma cadeira de couro preta, rasgada como se por cortes de navalha. Mesmo no escuro, Mike consegue ver surpresa nos olhos azuis redondos. O piso é de um linóleo barato e Mike escuta os arranhões novamente e vê um cão, algum tipo de mistura de labrador, virando-se em círculos em um canto, arrastando as patas traseiras no chão. Carrie, pensa ele.

Dorr se espreguiça na cadeira estendendo as pernas à sua frente, a camisa preta aberta na frente, mas com os punhos abotoados. Mike aguarda o convite para que se sente, mas este não acontece, então ele se acomoda, quase empoleirado, num sofá esfarrapado em frente à cadeira onde está Dorr. Entre eles, uma mesa de centro de vidro está coberta de pratos sujos e copos vazios, garrafas e um cinzeiro feito de algum tipo de osso transbordando de cinzas de cigarro. Esta poderia ser a casa de qualquer bêbado, qualquer drogado, pensa Mike. Dorr tateia a mesa em busca de alguma coisa, mas desiste rapidamente.

— Você poderia me dar um cigarro? — Sua voz é lenta e suave. Mike entrega o maço.

Dorr coloca os óculos de sol novamente e acende um cigarro. A chama do isqueiro ilumina o lugar por um momento e Mike vê seu próprio reflexo nas lentes escuras dos óculos de Dorr. O cão ainda está se arrastando no canto. Não fica sentado quieto. O lugar cheira a cachorro e comida de cachorro velha, e agora, momentaneamente, ao enxofre do isqueiro. Dorr tira os óculos de sol novamente e os deixa cair pesadamente sobre a mesa à frente deles.

— Então Elliot Analect mandou você checar como estou? — disse ele.

— Ele disse apenas que achava que seria bom se eu e Bishop viéssemos dar um alô.

— Bishop? — Dorr quase ri. — Bishop tem medo de mim. Ele provavelmente está por aí comendo alguma menina de onze anos.

— Não o vi muito desde que chegamos aqui.

— Ele o deixou para trás, não foi?

— Na verdade, não.

— Sim, o deixou para trás. Mas há lugares piores para ser deixado para trás. Até que dá para viver aqui. — Dorr coloca o maço de cigarros sobre a mesa com cuidado. — Dá para ter tudo o que você quiser. Foder uma garotinha diferente a cada dia. As crianças que você faz e as crianças que você come, não é? Quanto mais próximas elas estiverem, mais tempo as coisas duram.

Mike pega um cigarro.

— Então, como está Elliot? — Dorr solta a fumaça azul.

— Bom, eu não sei na verdade. Sou apenas um estagiário.

— Apenas um estagiário? — Dorr agora ri alto e o som se dissolve em uma tosse seca.

— Harrison Stirrat me trouxe até aqui — diz Mike, e Dorr ri e tosse novamente ainda mais forte.

56

— VOCÊ É PERFEITO — ele diz para Mike e se inclina para a frente, a fumaça se erguendo entre eles. — Você deveria estar se fotografando. — Dorr enquadra Mike em um retângulo entre suas mãos. — Elliot Virago. Editor muito, muito esperto. Você é a sua própria história. É atrás disso que ele está.

Mike está prestes a dizer que não é fotógrafo quando escuta o cachorro ganir novamente, e quando olha para o canto, vê Carrie se agachando como se fosse defecar. Um instante depois, Mike percebe que ela está tendo filhotes.

Um filhotinho escorrega da mãe e cai no linóleo empoeirado com um som molhado. Ela come o cordão umbilical, deixando um fragmento vermelho e verde preso ao filhote, mas ela não come a bolsa. Deve ser sua primeira cria. O filhote começa a sufocar. A mãe se vira para o canto novamente, abre as patas, mexendo-se e se abaixando, empurrando para fora o próximo filhote. Mike olha para Dorr, observando o primeiro filhote morrer no linóleo. Ele olha para Mike. Isso é demais, pensa Mike, Dorr está me sacaneando. Mike fica duro de nervoso enquanto o cheiro de parto exala do canto.

Dorr continua olhando para ele e rosna num monólogo, soando doente ou adormecendo, ou ambos... *eu vi um parto, sabe, da minha própria irmã, ela morreu durante o parto. Porque ela engravidou de um amigo de faculdade meu que era muito fraco para tomar conta dela. Doentio, não é? Observar sua irmã morrer num hospital chique de Nova Orleans porque ninguém queria estar ali e ninguém queria aquela criança, eles não conseguiram parar a hemorragia...*

Mike gela. Ele sabe que não vai contar a Dorr quem é seu pai. Tem que ser ele. Carrie deixa outro filhote preto cair no chão ao lado dos primeiros. Não pode ser meu pai, pensa Mike, ele não teria tirado o corpo fora. Ou então eu teria dois irmãos.

Dorr fuma o cigarro até chegar ao filtro. Deixa-o cair no cinzeiro... *Claro que a criança sobreviveu. Eu a entreguei para adoção. E sabe do que mais? Já vi partos mais complicados e sei que é inútil intervir. Eu entrei na selva. Ainda existem nativos, índios, fazendeiros selvagens. Talvez trabalhando para os birmaneses, talvez não. Pessoas supersticiosas, pessoas da selva.*

Dorr acende outro cigarro e Mike vê o seu reflexo novamente... *Eu fui com a tribo. Todos estavam chapados. Que se foda o arroz, todo mundo só queria fumar o dia inteiro. E havia uma garota, treze, quatorze, quase virando uma mulher. E eu a amei, disse a ela que ela poderia deixar a tribo, o Exército Nacional, ah, se ela quisesse. E eu a fodi, e fiquei lá durante meses, trabalhando, escrevendo a matéria. E é claro que ela ficou grávida e conseguiu se casar enquanto ainda podia, o que foi bom e uma sorte. E eu a fodi outra, outra e outra vez no meio das plantações...*

Dorr cutuca e rasga o couro da cadeira esfarrapada com as unhas... *O que acha disso? E a criança nasceu no tempo certo para que todos achassem que o bebê era do marido e amarelo o suficiente para não ser óbvio que era meu. Harrison estava comigo, para a matéria, e havíamos nos tornado amigos de todos com cigarros e chicletes e havíamos fumado unzinho com eles no orvalho daquela mesma manhã. E logo que o bebê nasceu e eles viram que era uma menina, a minha menina, eles a levaram e a mãe estava delirando de dor, mesmo apesar do ópio, sentada numa cadeira com as pernas abertas e a parteira segurando-a, porque ela sabia. E eu sabia e ela gritava para mim para que eu os impedisse. Mas não havia lugar para uma menina, então eles a levaram e seguimos o homem que achava ser o pai e o pai dele para o mesmo campo onde eu havia fodido a mãe daquele bebê e tornado sua existência possível, e eu observei minha menina chutando enquanto eles cavaram um buraco na terra marrom e a cobriram.*

— Espero que você não tenha vindo aqui esperando ficar de barato — diz Dorr.

Mike apenas balança a cabeça.

— Eu não estava oferecendo. Então não vá achando coisas. A não ser que você tenha algo em troca.

A cadela dá um latido curto e alto para sua cria. Ela deu à luz o último. Os filhotes se retorcem no chão, dentro das bolsas, como segmentos desconectados de uma centopeia. A mãe fica de longe, olhando para eles, desconfiada, a língua do lado de fora, arfando. Dorr está paralisado, olhando para ver o que ela vai fazer. Se ela vai comer o saco, trazendo os filhotes de volta para a vida, deixá-los morrer ou comer um deles como as novas mães fazem às vezes. Ou o quê.

— Tenho que ir — diz Mike, levantando-se com cuidado.

— E sabe, a garota conseguiu fugir — ele quase ri —, vive aqui agora, no início da rua. — Dorr não tira os olhos da cadela.

— O que você vai dizer a Elliot?

A garganta de Mike fica seca e Dorr fala novamente antes que ele possa responder alguma coisa.

— Você pode me dar seu maço de cigarros?

Mike procura no bolso da camisa, depois enfia a mão nos bolsos da calça procurando, procurando, mas não consegue encontrar. Ele sente os olhos de Dorr se movendo dele para o cachorro, olhando-o da cabeça aos pés enquanto ele procura pelos cigarros e não os encontra. Ele está próximo à porta agora.

— Oh, veja — diz Dorr.

Mike olha para Dorr, que está pegando o maço em cima da mesa.

— Você já me deu o maço.

Mike sai pela porta.

57

SEU CORAÇÃO BATE FORTE. Mike tropeça no bebedouro de Carrie novamente e desce as escadas. Ele anda rua acima sem pensar. Está suando e os vira-latas sentem nele o cheiro de parto e ficam curiosos. Os homens nas cadeiras de jardim observam e fumam. Mike vira a esquina onde Harrison desapareceu e vê a moto azul no fim da rua, destoando entre as motocicletas enferrujadas dos habitantes locais.

Mike escuta sons de vida doméstica comum enquanto anda em direção à moto. Uma mulher cantando, o gorgolejar de água numa pia através das paredes finas. Ele tenta absorver tudo, observa calmamente, tenta se acalmar. A cantoria continua. Ele aguarda ao lado da moto. Há vida nessa rua. Um homem atravessa a rua na sua frente carregando uma caixa cheia de transistores amarelos de rádio. Uma mulher bate um tapete contra um muro baixo de tijolos, liberando partículas de pó contra a luz do sol. Crianças correm para fora e para dentro de uma garagem onde um jovem trabalha na mecânica de motocicletas. Quase escondido numa viela, um velho enche um balde de água numa bomba enferrujada em formato de tromba de elefante.

Dorr é um mentiroso, pensa Mike.

Mike já está ficando cansado de esperar. Ele quer ver a rua de cima da motocicleta, a caminho do hotel ou num quadro e não ficar preso nela. Ele sente como se já estivesse ali há muito tempo. Ele espera, espera e o sol cruza o céu, queimando-o lentamente. Ele tenta observar a vizinhança, mas sabe que todos o estão observando. *Farang*. Ele surpreende uma criança, ele acha que é uma menininha, olhando para ele através da janela de uma casa. Ela desaparece sob a soleira. Ele tem certeza de que essa é a casa de Tweety. Se pergunta há quanto tempo está esperando. Quer logo encontrar Harrison e sair dali. Talvez ele devesse bater na porta da casa. A casa de Tweety. Mas então Mike vê Harrison, Tweety e um jovem rapaz que ele presume seja o irmão de Tweety vindo em sua direção da lateral da casa. Atrás deles, quatro policiais com as armas em punho. Harrison diz a Mike para ficar calmo, deixar que ele converse com os tiras, que tudo vai se resolver. Mike não acredita nisso. Ele sabe que não vai ficar tudo bem pelo jeito que os policiais seguram suas pistolas.

Mike ouve uma voz que ele reconhece vinda de trás dele. É o tenente que apareceu no bar, que levanta a cabeça e diz a Mike que não acha uma boa ideia eles se reunirem novamente dessa forma. O tenente acha isso engraçado, mas para Mike não tem graça nenhuma. Ele se lembra das algemas sendo retiradas e de ouvir o tenente dizer a Burton que queria ficar seco.

Harrison diz ao tenente que eles também já se encontraram anteriormente, que ele é amigo de Burton, que todos são amigos e fazem muitos negócios juntos. O tenente parece pensar sobre isso por um momento e diz a Harrison para pegar o jovem *farang*, subir em sua motocicleta e sumir. Ele diz que não é um bom negócio ser amigo de traficantes de *yaa baa*. — E diga a Burton — diz ele — que haverá mais cobranças.

O irmão começa a chorar. Mike olha para Tweety. Seu rosto está petrificado.

Algumas vezes a vida é muito simples, explicou Harrison. Eles poderiam ficar e morrer com Tweety e seu irmão, ou sair e viver, acelerando a motocicleta azul quando ouvem os tiros.

58

NO CAFÉ, DO OUTRO LADO da rua, em frente ao seu hotel, Mike e Harrison se sentam para tomar cerveja, os dois olhando para a Khao San Road. Ambos se sentam em silêncio. Mike espera que Harrison diga alguma coisa. Qualquer coisa.

— Aquele era o irmão dela — é tudo o que Harrison diz.

Mike sabia disso.

— Tweety não era tailandesa — continua Harrison —, ela era *Wa*, do Norte. A família dela vive na selva. São fazendeiros de ópio. Ela conseguiu fugir.

— O que acontece agora?

— Nada — diz Harrison. — Não tivemos nada a ver com aquilo.

Mike começa a ficar enjoado.

— Vamos tomar outra cerveja mais tarde — diz Harrison. Ele se levanta, tirando dinheiro do bolso da calça para pagar pela sua bebida.

Mike vomita e tem uma diarreia terrível no banheiro apertado. Ele apoia a cabeça contra a parede enquanto se senta no vaso sanitário e tenta se acalmar. Não sabe o que pensar. Sim, ele sabe. Ele pensa sobre encontrar com Tweety no Grace. Comprá-la. Se drogar com ela. Mas no final há apenas um caminho nos pensamentos de Mike, e é insensível e o leva para um lugar muito ruim.

59

QUANDO VOLTA PARA A MESA, Mike não está mais tão enjoado, apenas vazio. É início da noite. Ele ficou sentado com Harrison ali por uma hora, e agora vai ficar sentado sozinho, bebendo cerveja até bem depois de anoitecer. Ele observa os outros *farangs* enquanto caminham na luz fraca.

Mike não sabe há quanto tempo está ali, quando percebe Dreads, Hardy e uma garota sentados no café italiano ao lado. Eles não o veem. A garota deve ser a substituta de Lucy Longas Pernas, pensa Mike, embora ela seja mais velha e tenha uma aparência mais pesada. Ele observa os três pedirem cerveja e *pizza*. Então Hardy pega um cachimbo cheio de maconha feito de espiga de milho e o acende. Mike sente o cheiro doce imediatamente. Hardy e Dreads passam de um para o outro diversas vezes e então Hardy rapidamente guarda o cachimbo. A garota acha aquilo hilário. Todos estão rindo quando as primeiras cervejas chegam. Após alguns minutos, Mike para de olhar para eles.

Ele sabe como vai ser o resto dos seus dias em Bangcoc. Vai se sentar a essa mesa bebendo cerveja e observando os *farangs*. Burton vai ficar sabendo do que aconteceu e virá encontrá-lo.

Pode ser que Bridget venha também e diga para ele relaxar. Harrison disse que eles beberiam outra cerveja, mas não vão fazê-lo. Harrison vai sumir. E eventualmente Bishop vai aparecer e pedir para Mike os depoimentos dos mochileiros chapados para usar na matéria, e isso vai ser tudo. Mike nunca mais quer ver nenhum deles de novo.

Quando volta para o quarto se sente enjoado de novo e vomita até que não haja nada no estômago, mas ele não dorme. Liga para o irmão sem olhar para o relógio ou pensar sobre a cobrança que será enviada à revista. De início a ligação não completa e lágrimas inundam seus olhos. Finalmente ele ouve o telefone chamando e respira fundo, deitando de costas na cama, pressionando o fone no ouvido. O fone amplia sua respiração. Mas o telefone apenas toca, toca, toca até que a secretária eletrônica atende.

— Aqui é Lyle, deixe seu recado.

Mike desliga. Subitamente ele se sente aliviado pelo irmão não ter atendido. Não há nada a dizer.

Parte II

Lyle ficou surpreso pelo barulho do fogo enquanto corria para fora da casa.

O fogo engoliu a sala de estar, alcançou o piano e as cordas se partiram com um silvo forte enquanto a estrutura de madeira ficou mole e caiu no chão. As estantes de livro queimaram de baixo para cima, primeiro os grandes livros de arte, então as prateleiras do meio com os livros de capa dura e enquanto as prateleiras caíam, os livros mais baratos caíram em conflagração. Toda a comida na despensa derreteu e os aerosóis embaixo da pia explodiram. Na grande sala de jantar, o mapa de Hong Kong, que o pai dele estivera estudando, se enrolou e transformou-se em cinzas. Uma caixa de munição no quarto da mãe explodiu.

A casa inteira veio abaixo com um grande ruído, como um jato decolando.

Os vizinhos encontraram Lyle em choque na grama, os braços e costas em chamas. Eles o cobriram com um cobertor enquanto ele permaneceu ali, olhando para as estrelas. Quando os carros de bombeiro e a ambulância chegaram, o reflexo azul e vermelho de suas sirenes se misturou com os reflexos feitos pelas chamas.

Ele não pensou em nada.

60

MIKE ESTÁ NO SUBÚRBIO, do outro lado da rua da Catedral de São João, o Divino, quando o voo nº 11 da American Airlines se choca contra a Torre Norte do World Trade Center.

Ele está num café, comprando um *muffin* de mirtilos a caminho da sua aula na Colúmbia, para onde ele transferiu o curso após retornar de Bangcoc. O cara atrás do balcão aumenta o volume e todos no local ficam quietos. A imagem fica se repetindo nas notícias. Ninguém consegue acreditar. Dizem que é como um filme terrível e se juntam em conformidade com o horror e as análises da diplomacia internacional. Mike permanece em silêncio. Ele pensa, enquanto a imagem é repetida, que tem que ir até lá pegar seu irmão, Lyle. Ele espera que Lyle não tenha ido até lá para ver mais de perto, ou para tentar ajudar. Ambos seriam típicos dele.

Do lado de fora do café, Mike olha para o céu na direção do centro da cidade. Ele viu uma nuvem de fumaça preta na televisão, mas aqui só vê o céu azul. Pensa em Lyle assistindo às notícias no seu apartamento e decidindo caminhar os poucos blocos que o separam do World Trade Center. É assim que Mike pensa nas coisas agora. Ele quase pode ver as coisas quando pensa nelas. Especialmente nesta manhã clara quando pensa a respeito do seu irmão, distraído e irresponsável, lá no centro.

Há um ano, durante o tempo em que esteve em Bangcoc, alguém lhe disse *é sempre cedo demais para temer*. Ele se lembra disso, e o pensamento o acalma um pouco quando imagina como chegar até o irmão. Parece que a fumaça está imediatamente em cima do apartamento de Lyle, mas este está a diversas milhas das torres e o avião não acertou o seu prédio. E então Mike pensa que talvez tivesse sido melhor se tivesse acertado. Explodir Lyle enquanto ele dormia. *E a mim também.*

Mike e Lyle são órfãos. Há pouco mais de um ano, seus pais morreram num incêndio e Lyle surtou. Mike estava em Hong Kong na época, havia acabado de voltar de Bangcoc. Elliot Analect deu a notícia para ele e pagou sua passagem de volta para casa na primeira classe.

Mike espalhou as cinzas dos pais a bordo da velha canoa de madeira na baía onde eles haviam ensinado ele e o irmão a nadar. Lyle foi internado para tratamento no Pine Hill, com estresse pós-traumático. Após seis meses ele foi liberado sob forte medicação, para a vida aparentemente normal que Mike tem protegido desde então. Foi por esse motivo que ele transferiu o curso para Colúmbia. Os meses que Lyle passou no Pine Hill foram os mais terríveis da sua vida. Mesmo nos dias de sol, para eles era sempre o meio da noite. Foi essa a piada que eles fizeram a respeito de como se sentiam, mas ambos caminhavam como garotos mortos, muito embora um deles ainda estivesse livre.

Mike se pergunta se Lyle está tendo alucinações. Ele as tem tido desde o incêndio. As alucinações de Lyle, que continuam a existir, mas foram escondidas após sua alta do hospital, é um terceiro irmão. Mike lamenta isso e odeia o novo irmão. E agora Mike pode vê-lo em sua cabeça também, sabe que ele se parece um pouco consigo e pensa em meter uma bala em cada um de seus olhos. Lyle acusou o falso irmão de atear fogo na casa e Mike sabe que ele ainda está por perto, embora ambos finjam que não. É claro que Mike não fala isso para ninguém. Eles internariam Lyle novamente. Eles não conversam sobre isso, e costumam conversar sobre tudo. Mike pega o celular e liga para o irmão.

— Aqui é Lyle. Deixe uma mensagem.

Mike diz a ele que fique onde está, a menos que a merda caia sobre sua cabeça, e que ele está a caminho. Ele se interrompe quando ia dizer *para pegar você*.

61

— MEU IRMÃO QUEIMOU NOSSA CASA e matou nossos pais — repetia Lyle incessantemente. Era como um mantra.

E era isso que Lyle estava dizendo para o médico quando Mike chegou para visitá-lo pela primeira vez no Centro de Recuperação Pine Hill, na metade do caminho entre Nova York e Boston. Lyle estava sedado.

— Ele foi implacável — disse Lyle.

O médico levantou uma mão em direção a Mike, sinalizando para que ele aguardasse no canto do quarto. Mike sorriu para o irmão. Ele não entendeu o que Lyle estava dizendo e não queria ficar ao lado da cama e olhar nos olhos do irmão, injetados de sangue.

— Mike — disse o médico —, por que você não retorna em cinco minutos?

Mike acenou para o irmão e saiu do quarto acompanhado de uma enfermeira. No corredor, a enfermeira pediu para que ele a seguisse. Ela era uma pequena mulher asiática e seus quadris eram bastante estreitos em seu uniforme de enfermeira. Ela deixava Mike nervoso com seus passinhos apressados. Ele temia que ela fosse esperar no corredor com ele, mas em vez disso ela o guiou até um quarto de onde olhava para o quarto do seu irmão através de um vidro. E ele conseguia ouvir o que Lyle estava dizendo.

— Se nossos pais não tivessem o sono tão pesado, teriam tomado tartarato de zolpidem e uísque, e poderiam ter pegado ele. Mas eles não podiam. Irmão incendiário, ele queimou o piano.

O médico perguntou a Lyle como tinha sido a noite, mais cedo, entre o pai e a mãe, mas Lyle o ignorou e continuou falando sobre o irmão. Ele não poderia estar falando de mim, foi o que Mike pensou, mas não tinha certeza. Esses foram os momentos que se tornaram mais aterrorizantes para Mike. As coisas estranhas que Lyle dizia não assustavam Mike. Era a forma que ele ignorava as pessoas, a forma como ele não escutava, não percebia as perguntas. A forma como ele podia fazer você pensar que o que havia de errado com ele estava errado com você também.

Lyle falava com o médico numa voz calma, mas Mike sabia que ele estava ficando agitado. O médico perguntava para Lyle sobre o terceiro irmão novamente. Mike observou Lyle gesticular. Isso deve machucar seus braços, pensou, enquanto Lyle fazia movimentos impetuosos.

— Ele dançou ao redor do piano após atear fogo nele. Cantou ao redor dele — disse Lyle, agora falando em segredo ao doutor, sussurrando — ele não ficou triste.

— Você acha que ele cantou uma música enquanto ateou fogo à casa? — perguntou o médico.

— Não foi uma música de guerra — disse Lyle —, foi algo melancólico.

Lyle começou a gesticular violentamente com seus braços enfaixados, como se estivesse conduzindo um coral. O médico pediu para que ele se acalmasse, mas Lyle não escutava. Mike sabia o que iria acontecer e se sentiu envergonhado por estar aliviado. Mas ele estava aliviado. Lyle ficaria agitado demais para a visita.

— Ele é brilhante, claro que ele é brilhante — diz Lyle. — Ele canta Amazing Grace em vez de algum canto de guerra e você pensa que ele é legal, mas ele não é e se ele pôde matar nossos pais, pode matar a todos nós. Pode matar você.

— Lyle, se você não se acalmar, eu vou me retirar — disse o médico.

— Tem que haver uma caça a ele — insistiu Lyle.

— Lyle, você vai machucar seus braços.

— Ele incendiou a casa, sem hesitar, sem se envergonhar, como se estivesse coberto de razão.

Mais uma vez o médico disse a Lyle para se acalmar, mas ele continuou agitando os braços e o pedestal que segurava a bolsa de soro estava balançando. Um assistente entrou no quarto rapidamente e Lyle jogou o peso contra ele em seu traje de hospital enquanto o médico injetou alguma coisa no soro.

Pelo vidro, Mike observou o irmão perder a consciência.

O médico apareceu ao lado de Mike, e juntos observaram a enfermeira trocar os curativos que foram danificados pela agitação de Lyle. Seus braços haviam sido queimados no incêndio, assim como parte das suas costas. Seus cabelos. As queimaduras estavam ainda vermelhas, úmidas e cruas. Ele parece um bebê, pensou Mike, assim sem cabelos.

— Ele insiste que vocês têm um outro irmão — disse o médico.

O médico disse que a maioria dos pacientes com estresse pós-traumático se recupera. Não é possível apagar o passado, disse ele, mas é possível viver com ele. Ele disse que Lyle voltaria à faculdade. Que ele iria melhorar.

Havia uma pergunta que Mike queria fazer. Ele quis fazê-la todos os dias depois do que aconteceu, mas naquele momento não era a pergunta certa. Mike sentia que seria como uma criança pedindo um brinquedo, chateando o pai ou a mãe quando não havia nada para conversar. — *Quando?*

62

MIKE QUER CHEGAR AO CENTRO o mais rápido possível. Ele tenta pegar um táxi, mas poucos táxis estão rodando e poucos estão parando. Normalmente ele não tem problema para conseguir táxis. Jane, sua namorada, diz que é porque ele tem um bom karma para táxis. Mas não hoje.

Jane também está no centro, ou deveria estar, porque hoje é terça-feira, um dos dois dias da semana em que ela trabalha numa loja de roupas no Soho. Eles fazem piadas sobre isso, porque a loja é tão moderna e Jane não tem nada de moderno. Mike se lembra perfeitamente de como ela estava no dia da formatura do colégio. Estava confortável, calma em sua beca vermelha e sapatos caros de salto alto, o que era bastante incomum para ela. Nada de maquiagem. Ele lembra que havia um brilho fresco nela enquanto todo mundo sentava fantasiado e suando no calor inesperado de junho. Ele e Jane estavam juntos desde que ambos tinham dezesseis anos. O relacionamento não tinha ficado velho, embora algumas coisas tenham acontecido e por um ano eles tenham estudado em universidades diferentes. Mas agora Mike também estava na Colúmbia.

Jane tem a pele muito branca e é só ossos, como um graveto, parecendo que vai voar com o vento. Mike lembra como conseguia ver os tendões em seus braços até os dedos, e como ele ficava com nojo disso quando estava chateado com ela. Ela vai ser uma velhinha estranha. Entretanto, seus olhos são lindos. — Quero dizer, fala sério — dizia ele para Lyle quando estava bêbado e sentimental —, ela tem aqueles olhos.

Ela foi ao funeral. Pegou emprestado o carro dos pais e dirigiu até Pine Hill para ver Lyle, sozinha, antes de Mike chegar em casa. E houve outras vezes em que ela ficou caminhando nos jardins enquanto Mike visitava o irmão. Já havia um certo tempo que ela era a única pessoa com quem Mike podia conversar. Embora ele nunca tenha contado a ela sobre Tweety.

Enquanto continua a procurar por um táxi, Mike tenta ligar para Jane.

SEM COBERTURA DE REDE.

Mike olha para a catedral. Uma multidão está de pé nos degraus e mais pessoas se aproximam. As pessoas estão se aglomerando. Isso faz sentido para ele. Afinal, é para isso que servem as catedrais. Parece domingo, mas após a missa.

Mike finalmente consegue parar um táxi. — Vou para Greenwich e Harrison — diz ele, entrando. A identificação do motorista diz Rossi, Joseph, um cara careca e baixinho. Mike fica aliviado por ser italiano, talvez não haja problemas de comunicação.

— Para lá eu não vou.

— Eu pago o dobro.

— Tenho um primo no Corpo de Bombeiros.

— Alguma novidade? — Mike inclina a cabeça em direção ao rádio, que está divulgando a notícia, porém não fala nada de novo desde que o avião atingiu a torre.

— Não — diz o motorista.

— Meu irmão também está lá.

— Que Deus proteja a todos eles — diz o taxista. — Mas eu não vou.

63

MIKE NÃO TEVE MUITAS notícias boas quando retornou da Ásia. Ele sentia falta dos pais. Não estava consumido pelo pesar, mas calmo por causa dele, e não gostou das coisas que fez. Seus dias em Bangcoc foram como os pensamentos que temos no metrô ou num táxi, estão ali por um momento e depois desaparecem.

Uma noite, entretanto, ele e Jane tomaram uma garrafa de vinho e assistiram a um filme e riram, e aquela noite foi como era antes de seus pais morrerem. Depois que eles transaram, Mike foi dormir, o que não era comum. Jane dormiu ao lado dele imaginando se eles realmente iriam se casar. Era absurdo casais da faculdade se casarem. Mas então ela pensou que isso acontecia com casais que estudavam em faculdades normais; então, por que não com casais de faculdades caras? Quem sabe? E dormiu.

Naquela noite, Mike sonhou que estava de volta à Tailândia e que estava transando com Tweety. Ela tinha retornado dos mortos, ou não tinha morrido e ele estava fodendo ela contra uma parede do apartamento de Burton.

64

MIKE SAI DO TÁXI E ESTÁ na rua novamente. Ainda não enxerga fumaça alguma. Ele queria ter convencido o taxista a levá-lo um pouco mais perto do centro. Talvez até a Rua Oitenta e Seis.

Mike vê uma loja de conveniência e decide que quer comprar cigarros. Não para fumar agora, mas para levar com ele até o centro. Vê o segundo avião atingir a torre ao vivo, pela pequena televisão em cima do balcão. Paga pelos cigarros e fuma três antes de conseguir parar outro táxi.

O taxista é um homem de turbante cujo nome Mike não sabe como pronunciar.

— Vou para o centro.

— Até onde, senhor? — diz o motorista, com um inglês colonial.

— Você poderia me levar até Greenwich e Harrison?

— Sim, sem problemas. Dia ruim, hoje.

Mike fica desconfiado. — Algo de novo no rádio?

— Sim, eu acho que vai haver uma guerra.

Eles ouvem a BBC. Ninguém sabe de nada.

— É por isso que quero ir até lá, senhor — diz o taxista. — Quero ver o que aconteceu com meus próprios olhos.

Depois disso eles ficam em silêncio até a Rua Oitenta e Um, onde param num sinal vermelho. O motorista olha para trás através da divisória entre os bancos dianteiro e traseiro.

— Já que o senhor sabe o meu nome, posso saber o seu?
— Lyle — mente Mike.
— Por que você quer ir lá no meio da confusão?
— Meu irmão está lá.

Há um engarrafamento entre a Setenta e Dois e a Broadway. Buzinas soam e os pedestres desviam por entre os carros. Mike está impaciente no banco de trás do táxi. O calor que sobe é sufocante.

Na esquina Noroeste, um negro trajando *jeans* rasgados está vendendo máscaras cirúrgicas dentro de uma caixa de papelão. Ele usa uma em cima dos cabelos rastafári.

— Você acha que pode haver algum tipo de doença? — pergunta o motorista para Mike, demonstrando nervosismo. — Da bomba?
— Foi um avião — diz Mike.
— Sim, você está certo. Entretanto, seria pior uma doença. Não há bom plano de saúde para motoristas de táxi.
— Sim, eu sei — diz Mike, embora não soubesse.

Seu pai administrava um fundo de cobertura e sempre havia muito dinheiro, e agora tudo ficou para ele e Lyle. Mike podia viver bem para o resto de sua vida, e médicos nunca foram um problema. O único problema tinha sido organizar tudo depois do incêndio, mas havia uns caras que trabalhavam com seu pai e cuidavam de dinheiro e eles eram bons. Um contador em particular, um velho amigo da família, os ajudou a vender o apartamento no Upper East Side e organizar o dinheiro em poupanças para que eles pudessem ter o suficiente mês a mês, e o resto investido e valorizando para quando eles precisassem ou quisessem usá-lo. As restrições que Mike tinha com relação a dinheiro morreram com seus pais.

Está ficando cada vez mais quente no banco de trás. Mike espirra por causa do calor e o motorista fecha a divisória entre eles.

— Desculpe-me — dizem ambos.

O telefone de Mike toca. É Jane, mas ele mal escuta a sua voz e então a ligação cai. Ele se pergunta onde estará ela. O número era do celular dela, então talvez esteja a caminho de casa. Ele tenta ligar de volta.

SEM COBERTURA DE REDE.

O trânsito começa a se mover de novo. Quando o sinal de trânsito na Rua Setenta e Dois fica vermelho novamente, um táxi tenta seguir. É tarde demais e o táxi desvia para tentar não bater num ônibus. O motorista do ônibus buzina. O táxi sobe na calçada e atropela um homem magro de meia-idade em trajes de corrida. Quando Mike vê isso, pensa ouvir as pernas do homem quebrando, como galhos de árvore. O táxi acerta um telefone público e para, soltando fumaça.

65

— SABE, SE ESSA É A ÚNICA loucura dele, não é tão ruim — disse Jane.

Eles haviam voltado para o seu ponto de encontro, próximo da Segunda Avenida. Era um lugar que eles costumavam ir quando estavam no colégio. Agora que Mike havia transferido o curso para Colúmbia e eles estavam juntos o tempo todo, era como se fossem os tempos de colégio novamente.

— Como uma máquina do tempo problemática — disse Mike.

— Poderia ser bem menos interessante — disse ela.

Antes de Mike ir para a Ásia, ele tinha colocado na cabeça que tinham que viver a vida da forma mais interessante possível. A piada deles era que Lyle havia se tornado interessante demais. Agora ela estava tirando um sarro da cara dele, e ele fez uma careta para ela.

— Ele não vai se matar — disse ela.

— Ele vai fazer o que tiver que fazer — disse ele. — O que tiver que acontecer com ele vai acontecer, é só isso.

— Isso é algo bem egoísta de se dizer — disse Jane.

— Eu só queria que ele parasse de se desculpar o tempo todo por ser maluco — disse Mike. — Quão egoísta é isso?

66

A REALIDADE DO ACIDENTE QUE Mike presencia na Rua Setenta e Dois com a Broadway é terrível e surpreendente. O homem atropelado está chorando e Mike vê sangue manchando suas calças. Ninguém se aproxima dele. Mike pega o celular e liga 911, mas SEM COBERTURA DE REDE.

Mike diz ao motorista de táxi para aguardar e sai do táxi para ajudar. Ele é o único.

O silêncio do acidente evapora tão rapidamente quanto se instalou. Carros passam correndo enquanto Mike se debruça sobre o homem caído no chão.

— Me ajude! — implora o homem olhando para Mike, que vê pedaços de osso despontando de sua panturrilha.

— Não se preocupe.

— Não me abandone.

— Vou apenas ligar para o 911.

Mike caminha ao redor do táxi batido. Olha na janela e vê o motorista inconsciente, o nariz quebrado sangrando, um turbante caído revelando longos cabelos grisalhos. Talvez um ataque cardíaco, pensa Mike.

O rádio está caído. Mike o apanha, espera um sinal de linha e liga para 911. Sinal de ocupado. Tenta novamente, mas nada desta vez, nem mesmo sinal de linha. Ele pensa que vai ter que abandonar o cara na calçada sem ajuda. Sinal de ocupado novamente.

Mike olha de um lado para o outro da rua. Onde estão os tiras? Que clichê, pensa ele. Sempre ali quando você tem dezesseis anos e está fumando um baseado, mas nunca quando você... porque todos estão no centro. *Lyle.*

Um cara malhado com cabelos castanhos curtos e uma camisa de colarinho aberto está ajoelhado ao lado do homem ferido. Ele se parece com o médico que atendia Mike e Lyle quando eles eram pequenos. Mike torce para que ele seja médico.

— Sou médico — diz ele a Mike. — Você chamou uma ambulância?

— Não consegui falar com ninguém — diz Mike, pensando que está livre novamente.

— Continue tentando, eu fico aqui com ele.

— Tenho que chegar ao centro, meu irmão está lá.

— O irmão de todo mundo está lá, faça a ligação para este cara.

67

ELES VENDERAM O APARTAMENTO em East Side no final daquele verão terrível. A última coisa que ambos queriam era viver com fantasmas.

Os dois queriam simplificar as coisas. Mike havia transferido o curso de Harvard para poder tomar conta de Lyle e morava no dormitório da faculdade. Lyle vivia num quarto e sala alugado em Greenwich Street. Concordaram em comprar um apartamento maior para morarem juntos mais tarde. Mike ajudou Lyle a se mudar para a nova casa numa manhã de sábado.

O apartamento era mobiliado e havia uns quadros estranhos, feios, nas paredes. Os quadros eram de animais. Eram cinco ao todo, todos pintados com tinta a óleo. O maior deles mostrava um chimpanzé fumando um cigarro, outro quase do mesmo tamanho mostrava um urso marrom rosnando. Os três menores eram um conjunto, cachorrinhos em farda de militares — um general, um almirante e um piloto de guerra. Para Mike, parecia que eles se entreolhavam das várias paredes onde estavam pendurados, tendo entre eles uma piada sobre quem vivia naquele apartamento. — Eles vão me fazer companhia — disse Lyle quando Mike mencionou as pinturas. Mike ignorou isso e continuou desempacotando as coisas. Lyle pediu desculpas novamente por ser louco. — Não, tudo bem — disse Mike. — Temos que ter senso de humor.

68

MIKE CORRE, FUGINDO DO ACIDENTE. As quadras passam uma a uma enquanto ele corre. Correr o ajuda a organizar os pensamentos. Lyle nunca entendeu isso. Finalmente, na Rua Sessenta e Seis, ele reduz a velocidade e volta a caminhar. Ao passar por uma banca de revistas, olha para os tabloides e fica sabendo que Mick Jagger e sua filha, Elizabeth, causaram tumulto numa festa durante a Semana de Moda. Ficou sabendo também que o prefeito Giuliani ignorou um importante rabino. Os jornais são estranhos, tristes e algo bem idiota num dia de desastre, pensa Mike.

Na Broadway com a Rua Sessenta e Quatro, Mike procura por um táxi novamente. Há cada vez mais pessoas na rua, e cada vez menos táxis. Ele vê pequenos grupos de pessoas assistindo televisão em pizzarias de esquina e cafés, todos especulando.

Mike também quer saber exatamente o que está acontecendo. Mas ele não para de caminhar. Decide que vai descobrir mais sobre o que está acontecendo quando chegar mais próximo do centro. Ele vai chegar ao centro independentemente do que acontecer.

Poucas pessoas andam na mesma direção que ele. Mike pensa em todas as vezes que caminhou na Broadway. Indo ao cinema. Indo a *shows* no Lincoln Center. Especula as ramificações políticas do ataque, mas apenas brevemente. Entretanto, tem certeza de que Lyle está pensando em causas políticas, traçando suas conspirações. Mike se tornou menos interessado em política na medida em que seu irmão se tornou mais paranoico.

Os ônibus em direção ao subúrbio estão lotados antes mesmo de chegarem à Rua Sessenta e Quatro, os passageiros assustados formam uma colagem de cabeças e ombros apertados contra as janelas enquanto Mike os vê indo embora. Num ponto de ônibus lotado, Mike vê uma senhora, provavelmente na casa dos setenta anos, conversando com um cachorrinho branco que ela nina numa sacola de lona. Ele tem certeza de que já a viu antes. É assim que as coisas são nas cidades, pensa. Você vê as mesmas pessoas várias vezes. Não é um mistério, apenas a probabilidade da rotina.

Enquanto caminha, ouve a mulher acalmando o cachorrinho, dizendo que eles vão ficar a salvo, que logo estarão em casa e vão comer um biscoitinho de cachorro e assistir televisão. Mike pensa em seu pai, que também conversava com animais. Na verdade, seu pai conversava com animais e crianças da mesma maneira, como se o tornasse uma pessoa melhor ficar de quatro e latir ou perguntar para uma criança de quatro anos como estão as coisas na faculdade. Jane achava isso hilário e amável. Mike nunca achou muita graça.

Ele se lembra da mulher agora. Lembra-se de ter visto tanto ela quanto o cachorro certa manhã, mais ou menos um mês depois da mudança de Lyle para a Greenwich Street. Tinha sido uma manhã ruim. Mike havia passado a noite com Jane no apartamento de seus pais e recebeu uma ligação de seu irmão bem cedo, no seu celular. Lyle não estava bem. Não dormia havia vários dias, não estava indo às aulas e, finalmente, quando conseguiu dormir, começou a ter sonhos terríveis. Não estava saindo de casa. Disse num sussurro que havia muitas vozes dentro de sua cabeça. Uma frase idiota típica de filme, pensou Mike, mas disse que estaria no centro o mais rápido possível. E a mulher e seu cachorro haviam roubado o primeiro táxi que ele conseguira parar.

Mike não via Lyle havia mais de uma semana, e isso era parte do problema. Mais uma lição aprendida.

As cortinas estavam fechadas e o apartamento cheirava a cigarro velho. Havia pilhas de roupas sujas no chão. Todos os pratos estavam sujos e Lyle estava jogando os cigarros na pia. A televisão estava ligada, mas não havia som.

Lyle estava dormindo de cueca sobre a cama desforrada. Ele não tinha sido gordo durante a infância ou mesmo antes de Mike ter ido a Ásia. Sempre tinha sido grande, mesmo maior do que Mike, e tinha uma musculatura saudável de sua curta vida atlética. Mas no último ano ele tinha se tornado gordo. Isso, mais do que qualquer coisa, quase partia o coração de Mike, ver seu antes esbelto e gracioso irmão transpirar ao subir escadas e respirar com dificuldade enquanto comia. Lyle parecia não se importar nem um pouco, e de alguma forma seu rosto permanecia magro, o queixo duplo, independente do pescoço.

Mike jogou um edredom sobre ele e começou a limpar o apartamento. Limpar fazia Mike se sentir melhor, dava a ele uma sensação de estar progredindo, ou ao menos mudando. Lyle estava dormindo e a louça estava sendo lavada. Ele pode ter tido algumas noites ruins, pesadelos, mas Mike abriu as cortinas, e quando Lyle acordasse, eles iriam seguir com a vida. Se isso é tudo, pensou Mike enquanto lavava os pratos, eu consigo dar conta. Mike pensou em sair para comprar comida também, e encher a geladeria de comidas saudáveis. Mozarela e azeitonas e frango assado daquela delicatéssen da esquina. Não há motivo, pensou ele, para viver assim tão mal.

Mas enquanto limpava a sala e a cozinha, algo parecia estar diferente. Talvez algo estivesse faltando. Ele não sabia dizer o quê. Ao colocar os livros de volta na estante ele finalmente percebeu o que era. Os quadros não estavam lá, as estranhas pinturas de animais, o urso, os cachorros e o chimpanzé fumando cigarro tinham sumido das paredes. Estranho, pensou Mike. E por que ele não tinha notado antes? Ficou tentando imaginar o que Lyle tinha feito com eles, mas então os encontrou no banheiro, submersos na banheira com a cara virada para baixo. Ele os tirou, um por um, e os deixou encostados na parede, para que secassem. Sabia que Lyle havia tentado calar suas vozes afogando-os.

Quando o apartamento estava limpo, Mike se sentou e ficou observando o irmão dormir. Acendeu um cigarro e pensou como ele parecia melhor dormindo, mesmo gordo, como se parecia com o Lyle de antes. Percebeu também que o irmão estava com as primeiras rugas, as primeiras indicações sutis de envelhecimento. Naquele momento, achou que era uma boa coisa. Ambos seremos adultos e as coisas ficarão mais fáceis.

Quando Lyle finalmente abriu os olhos, Mike perguntou como ele se sentia. Lyle disse que se sentia ótimo.

Mike ouve o cachorro da mulher latindo atrás dele quando passa em frente ao ponto de ônibus. O cachorro late alto e agudo e Mike pensa que ele não foi reconfortado pelo que a mulher lhe disse.

69

FINALMENTE MIKE CHEGA à metade do caminho até o centro. Nada de táxis. Na Rua Cinquenta e Nove ele vira para leste na Columbus Circle em direção ao sul do Central Park. Um enorme arranha-céu está em construção e lança sua sombra sobre o tráfego. Olhando para a Oitava Avenida, Mike vê mais fumaça se erguendo.

Quando está na Central Park Sul, não vê mais a fumaça. A avenida está desolada e parece nova e estranha para ele. É aqui que Jane mora com os pais, onde ela cresceu brincando no chão acarpetado e observando o florescer e o verde do Central Park por sobre as grandes janelas de madeira trabalhada. O apartamento é lindo e minuciosamente decorado, cheio de luz e arte. Mike tem a chave e é sempre bem-vindo. Parte da família, havia dito a mãe de Jane após a morte dos seus pais.

Mike se lembra de sentar próximo a uma das grandes janelas no meio da noite, durante o inverno, fumando. Ele ficou olhando o parque coberto de branco na escuridão. Os pais de Jane estavam em Nantucket e Jane estava no andar de baixo, recebendo uma *pizza* do entregador.

Mike estava desejando não ter dormido com Tweety. De alguma forma aquilo fazia com que tudo fosse culpa sua. Que nada, não foi. Mas então, é claro que foi. As coisas apenas teriam sido mais limpas. Pela primeira vez ele ficou imaginando o que foi feito do corpo de Tweety depois que ela foi morta. Então ele ouviu a porta se abrir e Jane entrou com a *pizza* e ligou o rádio. Ela dessintonizou das notícias do trânsito, colocou música clássica e se sentou.

— Você está legal? — perguntou ela, passando o nó do dedo sob seu olho.

— As lentes de contato estão fodidas — disse ele.

— Eu me referi ao que estávamos conversando — disse ela.

— O quê?

— Sobre Lyle. Sobre o fato de ele provavelmente estar sozinho o tempo todo.

Mike não disse nada.

— Eu tenho uma amiga que ele deve conhecer. Deveríamos todos ficar bêbados juntos. Vai ser divertido.

— Não tente arranjar uma namorada para ele.

— Ter uma namorada iria fazê-lo se sentir normal.

— Ter uma namorada não vai ajudar.

Jane ficou em silêncio depois disso.

Mike caminha no saguão do prédio de Jane e o porteiro diz que ela não está. Nenhum deles está.

— Uma das torres acabou de cair — disse o porteiro. — Acabou de cair.

70

DO LADO DE FORA, duas charretes estão paradas no seu lugar de costume, na lateral da Central Park Sul. Mike pensa o que eles ainda estão fazendo aqui. Um dos cocheiros, com cartola, terno e óculos escuros está de pé entre as charretes, aguardando nervoso com os calmos cavalos.

— Ainda está fazendo passeios? — pergunta Mike.

— Eu já estaria fora daqui, mas disse ao outro cocheiro que tomaria conta de sua charrete até que ele voltasse — a voz do homem é surpreendente, como a de um tenor, por baixo da cartola.

— Há quanto tempo você está esperando?

— Desde que o segundo avião colidiu.

Mike assente com a cabeça, lembrando-se do segundo avião na televisão da bodega. O cocheiro assobia por sobre os ombros de Mike para outro homem de cartola correndo na rua. — Ele chegou na hora certa — disse o cocheiro. — Ainda quer o passeio?

Mike está grato pela corrida pela Central Park Sul, embora ela não lhe economize muito tempo. Ele entra na parte de trás da charrete, mas o cocheiro diz a ele para sentar-se na frente. Mike se senta ao lado do homem, e o cocheiro tira a cartola e joga para trás. O cocheiro está silencioso e austero e a avenida está vazia. O único som que ouve vem dos cascos dos cavalos no asfalto contra as sirenes distantes.

Mike desce da charrete na estátua de William Tecumseh Sherman do outro lado da rua do Plaza Hotel. Ele olha para a Quinta Avenida enquanto o táxi vira em direção ao parque. No ano passado, nessa mesma época, ele e Jane faziam longas caminhadas na Quinta Avenida, chutando as folhas secas enquanto andavam. Houve pouca chuva naquele outono, e o verão durou quente e marrom até o jantar do Dia de Ação de Graças, que ele passou com a família dela. Lyle ainda estava no hospital.

Mike andava com Jane, deixando-a do lado de dentro da calçada, sendo ele quem andava virado para a rua, conforme fora ensinado. Sua mãe havia ensinado que era assim que os cavalheiros se comportavam, assim, se um carro desgovernado ou um cavalo subisse a calçada, o cavalheiro receberia o baque, protegendo a dama. Mike se lembra de caminhar na Quinta Avenida de mãos dadas com Jane e descer os degraus largos em direção ao zoológico.

Eles andaram pelo aviário, que cheirava a comida e cocô de pássaros, e observaram os tratadores jogarem peixe para os leões-marinhos. Mike se lembrou de como, na casa de Burton, Bridget havia contado como a vida de tratador de zoológico que o pai tinha era monótona. Ele não contou isso para Jane. Em vez disso, ele conversou sobre as aulas e as pessoas que eles conheceram no colégio. Quando estavam na metade do zoológico, ele não conseguia pensar em mais nada para falar, e apenas Jane continuou a conversar enquanto andavam pela parte onde ficavam as cobras.

As caminhadas ajudavam Mike a relaxar, mas algumas vezes Jane o pressionava sobre *a maneira como você está agindo recentemente*, e certo dia extraiu dele uma confissão tão feroz do seu desejo de ficar em silêncio, que ela jamais o pressionou novamente. Ele havia virado os ombros para encará-la de forma tão abrupta, que ela ficou momentaneamente com medo de que ele fosse bater nela. Então, após caminharem mais algumas quadras, ele a abraçou com tanta força, que ela teve que pedir que a soltasse. Foi então que ele se desculpou e disse que as caminhadas não deveriam ser o ponto mais alto de sua saúde mental.

Mike vira na Quinta Avenida e vê a fumaça ficando mais fraca. Vê que a cidade está parando. Nota dois homens bem vestidos, não mendigos, passando uma garrafa de um para o outro aos pés da Estátua Sherman. Um deles está lendo a placa que explica que Sherman morreu no Dia dos Namorados, em 1891, e o outro está olhando para o céu enquanto eles se revezam bebendo.

71

MIKE PASSA EM FRENTE ÀS LOJAS caras da Quinta Avenida. Os manequins nas vitrines olham para ele. Certa vez Jane havia dito que se as mulheres fossem magras como os manequins, seriam magras demais para menstruarem. Jane era magra desse jeito. Sua amiga Sarah também, a amiga que ela achou que deveria ser a namorada de Lyle.

Mike se lembra de Sarah usando batom vermelho quando Jane a levou ao apartamento de Lyle. Os quatro sentaram ao redor de uma mesa de cartas que Jane havia trazido como presente para Lyle. Mike sabia que Jane gostava da ideia de rotina, que eles jogariam cartas novamente, que se tornaria confortável e frequente. Eles iam jogar pôquer, mas acabaram jogando um jogo chamado reis, que era um jogo de bebedeira.

Cada carta queria dizer algo diferente. As ordens geralmente rimavam, assim era possível se lembrar delas quando se estava bêbado. As ordens eram mutáveis. Jane tirou um oito. — É você que eu escolho — disse ela, apontando para Mike. Ela e Mike beberam.

A vez de Lyle. Ele tirou um seis. — Você bebe outra vez — disse. Ele e Mike beberam.

A vez de Mike. Ele tirou uma carta. — Rainha — disse ele. — A vez das vadias. — Sarah e Jane beberam.

— O que quer dizer um nove? — disse Sarah, tirando uma carta.

— Perfeito — disse Jane, apontando para os irmãos. — Nove não pode ser rima pobre. Eles nunca erram. O primeiro que errar a rima tem que beber.

— Tudo bem — disse Sarah, cantarolando. — Quero encher a cara.

— Gin ou uísque, nenhum dos dois falha — continuou Jane.

— Tenho sorte de saber rimar, não sou apenas fogo de palha — disse Lyle.

— Parece que estou rimando com um grupo que nunca para — disse Mike.

— Debaixo da cama tem uma jarra. Dentro da jarra tem uma aranha. A jarra arranha a aranha e a aranha arranha a jarra — disse Sarah, rindo.

— Tudo bem — disse Jane. — Mexa comigo, que te encho de bala.

— Pessoal — disse Lyle, sem hesitar. — Jogar com vocês é legal, mas às vezes eu sou um mala.

— Melhor tomar cuidado, Lyle — disse Mike, que com certeza era o mais bêbado dentre eles —, ou vai se afundar com uma mala de pedras.

— Beba! — gritaram Sarah e Jane. — Não rimou!

— Isso aí — disse Lyle. — Não rimou. Não é uma novidade muito lírica.

72

MIKE VÊ UMA MULTIDÃO se formando nos degraus da Catedral de São Patrício, maior do que aquela nos degraus da São João, o Divino. Mas essa multidão não se parece com domingo depois da missa. Nesse momento eles já sabem demais.

Normalmente há turistas, experimentando subir os degraus para andar dentro da igreja. Mas hoje não. Quase todos estão indo para casa. Mike imagina que aqueles que permanecem aqui não têm uma casa para onde ir. Mas talvez eles tenham e se sentem mais confortáveis aqui, sentados nos degraus na metade do caminho do centro.

Mike se lembra de sentar nesses mesmos degraus com Lyle. Eles se sentaram em degraus e bancos de Manhattan muitas vezes. Foi uma de suas atividades principais durante a infância e até o segundo grau. Ele e Lyle se sentiam tão bem fazendo isso, que certa vez adormeceram, sóbrios, nos degraus do Metropolitan Museum of Art. Quando acordaram ao raiar do dia, ficaram surpresos e felizes. Foi como uma vitória, como se tivessem ascendido a um plano superior da vida na cidade.

A mãe deles, é claro, disse que os lugares públicos eram território dos malucos, pobres e solitários. Depois de terminarem o segundo grau, Mike e Lyle nunca mais ficaram perambulando por lugares públicos. Mas agora, passando em frente à Catedral de São Patrício, Mike pensa que talvez seja uma boa ideia parar aqui com Lyle quando estiverem voltando para o subúrbio.

73

NAQUELA PRIMEIRA VEZ QUE Mike realmente conversou com Lyle após o incêndio na casa, Lyle disse a ele que iria encontrar o terceiro irmão e endireitar as coisas. Fazer com que ele caísse na real, tirá-lo das drogas. Isso foi durante a segunda visita de Mike a Pine Hill, com Jane aguardando do lado de fora do quarto.

— E será que você não pode me tirar daqui? — disse Lyle. — Quero dizer, você sabe que não fui eu.

Mike ficou confuso com isso. Mas ele disse a Lyle que tudo ficaria bem, que logo as coisas iriam melhorar. Ele iria tirar Lyle dali.

— Ótimo, Mike. — De repente a raiva de Lyle foi embora e no seu lugar ficou uma tristeza quase neutra. Mike teve que se virar.

Ótimo, Mike.

74

MIKE VÊ UM HOMEM APONTANDO o celular para o céu e percebe que ele está fotografando a fumaça. Dois anos atrás, Mike também estaria tirando fotos. Ele queria ser fotógrafo pelo que parecia ser sua vida inteira, até ir para a faculdade. Lembra-se da primeira câmera e da manhã de Natal, quando a ganhou. Foi durante aquele inverno que a neve caiu tão grossa e pesada, que parecia fibra de vidro, e foi a única manhã de Natal em que não houve discussão. Os meninos haviam corrido escada abaixo na casa de praia esperando que os pais estivessem de bom humor, e nesse único ano eles estavam. Eles se sentaram ao lado um do outro, bebendo café e observando os meninos abrirem os presentes. Mike ganhou uma câmera de Margaret Burke White. Lyle ganhou um violão de Robert Johnson. Os cartões que vinham com os presentes nunca estavam assinados Mamãe, Papai ou Papai Noel.

Mike tirou fotografias durante toda a manhã. A primeira metade do rolo tinha sido devotada a Lyle tocando seu novo violão. Nas fotos que vieram depois a atenção de Mike se voltou para os pais. Fotos cândidas de sua mãe dando para o pai uma cara calçadeira e um relógio de prata. E fotos do pai puxando uma caixa longa debaixo do sofá. Finalmente, uma foto dela sorrindo e olhando para o cano de seu novo rifle.

— É exatamente isso — disse ela, engatilhando a Winchester —, o barulho que vai assustar qualquer um. Nem preciso das balas.

— Não — disse o pai. — Se você tem uma arma, tem que ter as balas. Olhe dentro da sua meia de presentes.

A mãe deles vinha reclamando que às vezes, quando estava sozinha, sentia medo que alguém entrasse na casa. — Intrusos, cuidado! — disse ela, colocando a mão dentro da meia de presentes e tirando uma caixa de cartuchos.

Mike achava que ela não tinha medo algum, mas falava aquilo apenas para fazer o pai dele se sentir culpado por sair.

A última foto do rolo mostra a mãe de Mike apontando o rifle para a câmera.

Mike gostaria de ver essas fotos novamente, mas elas foram queimadas durante o incêndio.

75

O PAI DE MIKE CARREGAVA um cantil de prata, e Mike cresceu pensando que não era uma coisa estranha de se fazer. Gravadas no cantil estavam as iniciais do pai dele, que eram também as iniciais de Lyle. Estranhamente, Lyle estava com o cantil quando correu para fora da casa em chamas. Foi admitido em Pine Hill com seu único pertence. Mike ficou surpreso quando Lyle o tirou da gaveta do criado-mudo do seu quarto no hospital.

Mike estava visitando cada vez menos, pois eles diziam que Lyle receberia alta em breve. Era uma tarde fria e chuvosa, e a chuva escorria pelas janelas.

— Eu disse que não o queria quando ele me deu — disse Lyle.
— Ele o deu a você? — Mike estava surpreso novamente.
— Logo antes do incêndio.
— Estranho.
— Eu disse que ele deveria dá-lo a você quando você voltasse.
— Iniciais erradas — disse Mike. Ele virou o pequeno cantil polido em suas mãos.
— Ele disse que não importava.

O pai deles, após tomar um gole do cantil, enroscar a tampa novamente e o colocar no bolso, batia palmas, como se mandando embora um dia de trabalho. Mas os meninos raramente viam isso. O pai deles era bastante cauteloso e procurava não beber do cantil na frente deles. Mike não sabia se a mãe sabia do cantil. Lyle disse que ela sabia. — *Eles estavam juntos em tudo.*

Mike e Lyle olharam juntos a chuva lá fora, pensando nos seus pais. Os gramados eram muito bem cuidados, e para além da janela de Lyle eles podiam ver a floresta da Nova Inglaterra, escura por causa da chuva. Mike tentou devolver o cantil, mas Lyle não queria aceitar.

— Fique com ele — disse Lyle. — É a última coisa de que preciso aqui.

— Mas ele o deu a você.

— Você sabe como o salgueiro-chorão age? — perguntou Lyle. — Precisa de muita água, por isso cresce próximo a rios e lagos. As raízes vão direto para o leito dos rios, ou algo do tipo. As raízes são selvagens. Aparentemente, se há um cano d'água por perto, elas sentem a água através do cano e se enroscam ao redor dele para sugar a umidade. Então é preciso desenterrá-las, porque eventualmente elas apertam o cano com tanta força, que ele quebra. Ou pelo menos é o que Jeff, o assistente, me contou.

— Esse negócio está pela metade — disse Mike abrindo o cantil. — Você tem bebido esta merda? — disse ele, cheirando a bebida dentro do cantil.

— Sim. Estava cheio quando ele o deu para mim. Ninguém esvaziou o conteúdo. Ei, cara, o que você está fazendo?

Mike bebeu o resto da bebida. O álcool subiu para sua cabeça imediatamente. Então ele ficou tão irritado, esperando o manobrista trazer seu carro do lado de fora do hospital, que nem percebeu a chuva.

76

MIKE PARA EM FRENTE A UMA LOJA de eletrônicos logo acima da Union Square. O letreiro da loja diz "Entretenimento, Segurança, Contrainteligência". Na vitrine há vinte televisores de tela plana. Alguns estão sintonizados nos noticiários e outros, em câmeras apontadas para a calçada em frente à loja. Mike vê a si mesmo em algumas delas, enquanto olha para a vitrine e assiste aos noticiários.

É nessa vitrine que ele vê imagens da segunda torre caindo. Mike não escuta a narração dos fatos, mas as imagens são claras. As duas torres vieram abaixo. A parte baixa de Manhattan está coberta de fumaça cinza. Para Mike parece que um vulcão entrou em erupção.

77

NEM SEMPRE LYLE ACREDITAVA no seu irmão imaginário.

Certa noite, quando Lyle tinha plena consciência de que não havia um terceiro irmão, ele e Mike saíram para comer *sushi* num lugar na Décima Segunda Rua. Mike estava aliviado por Lyle não estar paranoico, que ele não tinha oscilações de humor, como o médico as chamava, porque o próprio Mike estava de mau humor. O seminário de sociologia daquele dia havia sido sobre prostitutas. Os demais estudantes falaram sobre problemas de hierarquia adquirida e gênero como construção social. Sobre como as prostitutas eram evidências de tais coisas. Mike não havia dito uma palavra.

Lyle perguntou a ele sobre o que estava pensando. Mike contou a ele sobre o seminário.

— Você já entrou em contato com algumas daquelas pessoas de Bangcoc? — perguntou Lyle.

— Não — disse Mike.

— Acha que algum dia vai?

— Não sei.

Eles comeram em silêncio. Mike o interrompeu. Ele pensou que talvez Lyle pudesse ajudá-lo ao menos uma vez. Ou se eles poderiam ajudar um ao outro, simplesmente conversando.

— Então, com o que ele se parece, quando está por aqui? — perguntou a Lyle.

— Quem?

— Nosso outro irmão.

— Muito bem. Vou contar a você — disse Lyle e começou a falar sobre o terceiro irmão. Contou a Mike sobre o ódio visceral que sentia dele, diferente de qualquer coisa que ele já sentiu por alguém. Sobre como ele era engraçado, espirituoso, como fazia piadas sobre outras coisas que ele iria incendiar. Sobre como ele tinha olhos assustadores. Sobre como ele não é super-humano, mas podia correr mais rápido até mesmo do que você, Mike, que é o garoto branco mais rápido da cidade. Sobre como ele se parecia *com a gente.*

Mike se arrependeu de ter perguntado.

78

AO ENTRAR NUMA DELICATESSEN no West Village, Mike se pergunta o que ele de fato está fazendo. — Por que estou indo até lá? — diz ele em voz alta, e um hispânico baixinho que está perto dele diz, também subitamente: — Não sei, cara.

Mike parou na delicatéssen para comprar uma barra de chocolate, para ter energia e acelerar o passo. Ele percebeu o quanto estava cansado, após ter que passar por uma barricada policial na Décima Quarta Rua. Parece haver policiais demais na Union Square, por isso ele decidiu andar até a Sétima Avenida. Havia menos policiais, e seja como for, Mike percebeu que eles apenas poderiam parar as pessoas que davam ouvidos a eles. Ele ficou na frente da multidão e ultrapassou a barreira, enquanto os tiras ficaram gritando coisas como "é necessário identificação para seguir para o Sul neste momento". Um quarteirão mais tarde teve que parar para descansar, algo que nunca acontecia com ele. Faz menos de três horas que parou em frente à Catedral de São João, o Divino, mas ele está exausto. Por um momento, considera virar as costas e voltar. Poderia encontrar Jane. Eles iriam dormir. Talvez Lyle ficasse bem.

O cara branco próximo a Mike está irritado. Ele escuta as notícias no rádio atrás do balcão juntamente com os funcionários da delicatéssen.

— Eles estão nos fazendo de otários — diz ele, o dedo em riste.

— Quem? — pergunta um dos funcionários, entregando o troco para Mike.

— Os árabes. Se querem brigar, deveriam vir até aqui.

Eu também não quero ser feito de otário, pensa Mike, olhando para o cara branco. Qualquer coisa, menos ser otário. É melhor ter dignidade, olhar para o mundo calma e pensativamente. A coisa mais importante é ser atencioso. Mike não quer conversar consigo mesmo, mas é exatamente o que ele acaba fazendo.

— Eu não deveria ter transado com Tweety. — Ele nem percebe que todos no lugar estão olhando para ele.

— Você está bem, cara? — O dominicano pressiona seu braço, tirando-o do transe. Mike fica envergonhado. — Estou mesmo assim tão cansado? — pensa.

Ele se lembra de algo idiota que disse em Bangcoc, sobre como ele era o garoto branco mais rápido de Nova York. Não foi mesmo uma grande coisa, ele apenas tinha vencido a corrida de obstáculos num evento estadual durante o último ano de colégio. A maioria dos seus amigos achou engraçado, e isso virou uma piada. Na verdade o lance era não ficar com medo nos garotos negros. Lyle achou isso racista. E tudo o que eu quero agora, pensou ele, é ir devagar.

79

AS RUAS ESTÃO LOTADAS de pessoas agitadas.

Mike caminha pela Sétima Avenida, para dentro da nuvem de fuligem e poeira que paira no ar. As pessoas que ele vê saindo dela estão cobertas de pó amarelo.

Na Rua Doze, o cruzamento virou um centro de triagem. Há filas de pessoas. Ele escuta duas mulheres conversando, e parece que uma delas está falando algo que sua mãe costumava dizer, algo sobre haver dois tipos de pessoas no mundo quando estão à beira do precipício, uma delas tem medo de cair e a outra tem medo de pular.

Uma *van* barulhenta passa por eles, o cano de descarga pipocando, juntamente com vários caminhões do Corpo de Bombeiros. As janelas estão fechadas, e pelo fino filme que as recobre Mike vê o motorista falando ao celular. No lado da *van* há uma mensagem pintada em vermelho: *Obrigado Jesus — A CIA*. O que quer dizer isso?, pensa Mike. Ele cruza a rua para onde um bombeiro está tentando disciplinar um dálmata, que não para de latir. Mike fica surpreso pela forma violenta com que o bombeiro grita com o cachorro e então fica novamente surpreso quando vê gotas de sangue salpicadas na pelagem preta e branca do dálmata.

O celular de Mike toca e ele ouve a voz de Jane. Ambos estão aliviados por um deles finalmente conseguir ligar. Ela diz que sua amiga Suzy estava no escritório do pai no 89º andar e provavelmente estava morta. De repente ele ama Jane pela forma como ela é forte. Ela pergunta onde ele está e fica irritada quando ele lhe conta.

— Não entendo por que Lyle simplesmente não anda até o subúrbio — diz ela.

Agora, subitamente, Mike vê uma ligação de Lyle chegando e diz a Jane que vai encontrá-la mais tarde.

— Talvez não — diz ela.

80

LYLE NÃO ESTÁ EM CASA. Está na Rua Church, ao Norte do ataque. Mike sabia que era onde Lyle iria estar.

— Nós deveríamos ajudar — diz Lyle para ele pelo telefone.

— Comece a andar em direção ao subúrbio — diz Mike. — Me encontro com você.

A fuligem e a poeira cobrem o chão com uma camada fina, mas quando Mike anda para o Sul a camada fica mais espessa e se parece com neve. Na Rua Murray, ele se vira para o Leste e anda em direção a outra barreira policial para encontrar o irmão. Vê policiais e civis juntos, carregando um homem ferido num pedaço de madeira compensada. Uma mulher com longos cabelos negros está de pé, entorpecida, segurando um guardanapo sobre a boca, os cabelos chamuscados, queimados. Um médico de *jeans* rasga sua camiseta para usá-la como bandagem para uma bela moça com sangue escorrendo pelos braços vindo de um ferimento pulsante em seu pescoço. Um homem em terno risca-de-giz está vomitando na soleira de uma porta. E pior de tudo, Mike acha que vê partes de corpo humano, como estranhos animais selvagens dormindo na rua.

Mike quer ajudar, mas precisa encontrar Lyle. Continua andando. Um bombeiro passa correndo por ele, carregando uma criança chorando. O vidro caído acabou com o rosto da criança, e sangue jorra dos ferimentos. Mike não consegue distinguir se é um menino ou uma menina. Ele se sente enjoado. Precisa se concentrar, manter a cabeça no lugar, caminhar.

Ele olha para cima e pensa sobre ser uma das pessoas no 79º andar, um jovem rapaz num cubículo. Ele poderia ter sido um pesquisador, como foi em Hong Kong, lendo o jornal *on-line* sem nada para fazer. Mike imagina que ele olha para frente e vê, como uma piada inacreditável, o nariz de um avião vindo em direção à janela. *Como um punho, como um murro no nariz, o avião iria crescer até o jovem não ver mais nada e iria andar para trás enquanto o nariz do avião o alcançava.*

Mike ouve uma ambulância passando rapidamente atrás dele e cobre o rosto quando ela passa, destroços caindo de seu teto. Um telefone celular cai aos pés de Mike e ele o pega. Cada destroço é específico. O celular está ligado e milagrosamente intacto. O visor mostra vinte e duas ligações perdidas. Mike acessa a agenda telefônica. *Alee, Cindy, Papai, Harley, Jesse, John, Kit, Lucy, O'Neil, Mamãe, Oliver, Orla, Steve, Trina.* Mike pensa em ligar para Mamãe ou Papai e dizer a eles o que encontrou, mas não consegue. Imagina a mãe sentada em frente à televisão, ligando para o telefone da filha a cada quinze minutos. Ela fez um trato consigo mesma de não ligar mais do que isso, porque não quer congestionar ainda mais a rede para ligações de emergência e seu bebê sempre foi difícil de atender ao telefone. Ela está bem.

Mike não tem coragem de ligar. De repente, o telefone começa a tocar nas suas mãos, assustando-o. Ele o coloca sobre uma caixa de correio e continua caminhando, pensando novamente como deve ter sido para as pessoas dentro dos prédios. *Aquele jovem em seu cubículo, olhando para fora da janela, está a apenas alguns metros de distância do terrorista dentro da cabine, momentos antes de os dois serem incinerados.* Mike imagina o terrorista olhando para fora do para-brisa. *Não vou ter medo de morrer. O prédio está longe e de repente está muito perto, e ele consegue ver dentro das janelas por alguns instantes, vê o jovem navegando pela internet. No avião, os demais terroristas estão mantendo os passageiros sentados. Uma criança está chorando e mesmo o terrorista armado não consegue fazê-la parar, assim ele ameaça o pai da criança. O pai fica dizendo para a criança ficar quieta, apenas ficar quieta.*

Mike passa por móveis de escritório, uma cadeira de computador despedaçada. Foi de uma janela da Torre Norte. Mike se lembra de visitar o escritório do pai em Wall Street com Lyle e apostar corrida com o irmão no longo corredor em cadeiras como esta. Então logo após a barreira, a distância, Mike vê um corpo despedaçado, e de alguma forma ele sabe que foi alguma pessoa que pulou da Torre. Mike espera que isso seja impossível, mas também sabe o que está vendo e imagina ser essa pessoa. *Ele está em um dos últimos andares quando a fumaça negra é expelida das saídas de ar e as paredes estão ficando quentes ao toque. E ele toma a decisão de pular.*

Em prédios altos, em pontes, na plataforma do metrô, Mike sentiu *a ideia de pular*. É um pequeno pensamento, oprimido pela constância da vida, mas ali na plataforma do metrô era uma ideia que frequentemente o atingia. *Ele nem teria que dar um passo, poderia apenas cair, como uma árvore pesada, uma viga, nos trilhos. Esse homem sentiu esse impulso e se permitiu cair. Mais do que isso, ele pulou. O pequeno pensamento, o coração da vida que bate como um pequeno relógio no cérebro se quebrou de alguma forma. O calor ficou insuportável e a parte do cérebro que tem o mecanismo de sobrevivência lançou ponteiros para fora e estranhos toques, como um relógio despedaçado, e então o homem se jogou da janela. Ele se jogou e voou, até que o chão o alcançou. E o homem, se revirando no ar, não conseguia saber que lado era para cima até se espatifar no concreto. E enquanto ele sentiu terror, sentiu também o alívio do ar. Mesmo o ar estando espesso, como se a cidade inteira estivesse sufocada por poeira de concreto, ainda assim era um alívio.*

A imagem que iria perseguir Mike mais tarde era de um vídeo congelado de pessoas pulando do topo da Torre Norte. Era uma foto em formato de retrato, e a torre ocupava todo o enquadramento, com apenas um pouco de céu azul podendo ser visto em um dos lados. É uma foto com algumas poucas cores. A estranha cor de pedra do prédio, as listas negras das janelas, uma fumaça cinza-esverdeada e, novamente, o azul do céu. As figuras caindo das janelas também são pretas e parecem formas cortadas do céu. Quando Mike olhava aquela foto, às vezes, a virava de lado. Dessa forma parecia que o prédio era o chão, como uma grande plataforma. Os corpos pareciam estar dançando no ar, executando algum movimento complicado de ginástica.

Mike acredita que o grande horror daquele dia pertence àqueles que pularam, que logo cedo descobriram não haver esperança.

81

MIKE PENSA AVISTAR O IRMÃO. A neblina estranha paira com diferentes tonalidades. Algumas vezes é preta e espessa, em outros locais é esfumaçada e cinza, chegando a ficar branca. Trançando pela confusão de vítimas e equipes de resgate, Mike não consegue ver direito. Mas então lá está Lyle, fumando um cigarro.

Quando Mike corre até ele, Lyle o agarra, dando-lhe um tapinha nas costas. Isso não é um bom sinal. Quando se separam, Lyle solta a fumaça do cigarro, quase invisível na neblina e tira outro cigarro de trás da sua orelha, acendendo o novo no anterior. Mike observa em silêncio, novamente tocado por como ele costumava ser belo.

— E então? — diz Lyle.

— Vamos sair do meio disso — diz Mike.

Lyle assente com a cabeça como se estivesse prestes a dizer a mesma coisa, e juntos eles se viram e iniciam a caminhada em direção ao subúrbio.

— Vamos para casa descansar um pouco e pegar leve — diz Mike, pensando na mulher com o cachorro que ele vira antes. *Comer uns lanchinhos, assistir televisão.*

— Estou bem, Mike. Não sou louco. Você estava preocupado que isso tudo fosse me deixar louco, mas não.

Para Mike não é o que parece, mas ele diz: — Eu não estava preocupado. Apenas não queria que você morresse.

— Não, é claro. Eu preciso parar de adivinhar seus pensamentos. Pensei apenas em dizer algo para acalmá-lo, porque eu sabia que isso ia acontecer. Todos sabiam.

Mas na verdade ninguém sabia, pensa Mike.

Eles caminham rapidamente, passam por um furgão em chamas. Seu teto foi espatifado por algo preto e não identificável. Lyle para para vê-lo queimando.

— Isso é inacreditável — diz ele.

— Temos que sair daqui — diz Mike. Ele está ficando irritado e está prestes a agarrar o irmão e puxá-lo dali, quando olha para o furgão em chamas. Mike percebe que eles estão muito perto dele quando o furgão explode com um barulho seco, espalhando destroços e poeira no ar.

Lyle está falando com ele, dizendo alguma coisa freneticamente em meio ao apito agudo quando Mike olha para cima e vê uma nuvem negra sobre eles. Chove, e ao redor deles cinzas caem devagar, como neve no inverno. Mike se vira e vê Lyle, a cabeça virada para o céu, pegando as cinzas com a língua.

82

O PAI DE MIKE VISITOU O filho na universidade no dia seguinte à Regata Nascente do Rio Charles. Houve uma multidão de espectadores e barracas de comida na beira do rio. Estar ali com o pai parecia bem desolado para Mike, pois no dia anterior tudo estivera tão cheio de gente.

Ele e o pai caminhavam ao longo da estrada que ficava às margens do rio. Do outro lado, umas duas dúzias de pássaros estavam no chão, duelando pelas sobras de uma barraca de salsichas.

Quando Mike e o pai se prepararam para atravessar, uma minivan preta atropelou dois dos pássaros. Eles haviam sido jogados para a estrada durante o duelo pelos pães e salsichas na vala.

Houve o som de algo vivo sendo atropelado pelo carro, e Mike viu que um dos pássaros havia ido parar debaixo do pneu e tinha sido esmagado. O outro pássaro não fora atingido da mesma maneira. A minivan havia atropelado apenas um dos lados dele e ele ficou ali na estrada, ferido porém respirando. Ele gralhava em silêncio, e isso fez com que parecesse mais humano do que deveria. O pássaro poderia estar falando qualquer coisa. Pelo menos era isso o que Mike pensava.

Ele e o pai pararam, sem saber o que fazer. Uma jovem que estava correndo passou usando calças pretas e um casaco azul e também havia visto o atropelamento. Ela parou para olhar. Mike e o pai não disseram nada, mas a garota pegou um telefone celular e fez uma ligação. Mike não escutou o que ela dizia, mas ela parecia pensar que o pássaro que gralhava silenciosamente poderia ser ajudado de alguma forma. Mike queria ir até lá e pegar o pássaro. Mas ele olhou para o pai e percebeu que o pássaro iria se desmantelar se o pegasse.

Ele esperou que o pai dissesse alguma coisa, mas este não o fez. No momento em que ficaram lá, eles dois e a garota, ficou óbvio para Mike que um dos carros que estava passando iria passar por cima do pássaro e acabar com aquilo.

Mike olhou para o pai, mas ele já havia se virado e caminhava pelo caminho à beira do rio. Mike não conseguia se virar, ele ficou lá olhando cada carro que passava, então ele viu aquele que iria atropelar o pássaro, uma caminhonete verde. A caminhonete passou por cima do pássaro e houve outro barulho terrível de algo vivo sendo atropelado. A garota no celular falou: — Oh, meu Deus, eu não posso mais ver isso.

O pai de Mike estava de pé ao lado do banco às margens do rio, onde ele havia pedido a mãe de Mike em casamento. Na verdade, era um banco novo, mas no mesmo lugar. Quando Mike estava se aproximando ele começou a caminhar, se afastando. Mike o seguiu, olhando para uma ave voando sobre o rio. O que ele havia acabado de ver, de alguma forma, se tornou tão mais terrível agora, observando esse outro pássaro flutuando no ar. Ele se perguntou se o pai sentiu a mesma coisa.

83

MIKE PEGA LYLE PELO BRAÇO e corre com ele meio quarteirão até o Norte.

O apito agudo fica mais baixo e a multidão fica menor enquanto eles avançam, com Lyle arfando e Mike afastando a poeira do seu rosto e cabelos. Agora, quando eles diminuem o passo, Lyle está sorrindo, como se para provocar Mike por ser preocupado demais. Finalmente os sons do mundo se filtram novamente para suas cabeças. Por um momento ambos ficam felizes. Ficam felizes por terem estado ali, no meio do desastre, e terem sobrevivido.

— Precisamos descansar — diz Mike.

— Continue andando. Não seja *um vagabundo* — diz Lyle.

Essa referência ao pai deixa os dois em silêncio enquanto caminham em direção ao subúrbio. A primeira regra do pai deles era *não seja vagabundo*.

84

A CASA DELES PARECIA MUITO estranha para Mike quando ele se dirigiu até lá dessa vez. O que ele queria dizer com *casa* era apenas cinzas agora.

Ele tinha andado ocupado, frequentemente conversando com médicos e o amigo contador e tomando conta de Lyle. A última coisa que ele queria era se dirigir até Long Island e ver o que havia sobrado da casa. Mas finalmente, depois que instalou Lyle no apartamento, foi até lá. Ele foi até lá sem contar para Lyle.

A alta estação havia terminado, e os habitantes locais estavam prontos, após um verão de nova-iorquinos, para a calma do outono. A cidade estava a mesma coisa. Era uma cidade pesqueira e turística. Um bom lugar para criar os garotos, haviam pensado seus pais. E eles realmente puderam crescer ali, mesmo que também morassem num apartamento luxuoso na cidade e estudassem em colégios particulares. A casa de praia era sempre a casa de verdade.

Para além da cidade, as ondas do oceano batiam enquanto ele se aproximava. Tudo parecia igual até chegar à entrada da casa, com seu chão de pedregulhos. Ele e Lyle se lembram da mesma forma daquela entrada. Isso quer dizer, eles ficavam deitados no banco de trás do carro e não podiam ver onde estavam indo enquanto o pai dirigia para casa vindo seja lá de onde for, mas eles sempre reconheciam o som dos pedregulhos sob os pneus do carro, reconheciam a vibração e sabiam que estavam em casa.

Tudo o que restara havia sido a fundação de concreto, agora um buraco coberto de cinzas. A casa costumava se erguer ali, dois andares e mais o escritório dos pais na torre de um dos lados. A torre era acessível subindo por uma pequena escadaria no segundo andar. Era um quarto aberto, circular, com o mar podendo ser visto de suas janelas. Era ali que os presentes eram escondidos nos dias que antecediam o Natal. Era onde os pais trabalhavam, sentados de lados opostos da mesma mesa longa de madeira. Lyle havia contado que no incêndio a torre caiu de lado, como a cabeça daquele joão-bobo que eles tinham quando crianças, se inclinando muito para um dos lados, voltando à posição inicial e caindo.

Mike entrou no buraco. As cinzas ainda estavam espessas e eram levadas ao sabor do vento. Ele andou o perímetro da casa e foi atingido pela sensação de que ela parecia bem pequena. Olhando para trás, viu suas próprias pegadas. Espero que não haja cinzas de mamãe ou papai nesse monte, pensou ele, então ficou enjoado pela morbidez de sua própria piada.

Eles tinham passado bons momentos naquela casa. Era tão próxima da praia, que podiam sentir o cheiro do mar. Desde que eram bem jovens, Mike e Lyle frequentemente cozinhavam juntos numa churrasqueira de pedra construída no quintal. Eles cozinhavam para os pais, e nos bons tempos comiam juntos ali fora quase todos os dias. Quando ficaram mais velhos, o sol se punha e eles fumavam, conversavam, tomavam cerveja, grelhavam atum ou peixe-espada, bife ou hambúrgueres. Lyle gostava mais de cozinhar peixe; e Mike, carne. Ao executar uma manobra difícil para virar o hambúrguer no ar, Mike entregava o seu cigarro para Lyle e concentrava suas mãos livres no fogo.

Lyle conversava muito bem. Podia ter algum novo *insight* sobre arte moderna, ou a má conduta do papado medieval ou realmente qualquer coisa. Ele lia constantemente e incorporava a linguagem e ideias dos livros que lia em suas conversas. Algumas pessoas o achavam excêntrico ou pretencioso, mas Mike o entendia, da mesma forma que Lyle entendia que Mike não falava muito. E dessa forma, eles podiam conversar de forma diferente sobre a mesma garota, que eles haviam conhecido no mercado enquanto compravam peixe, e se ela era inteligente ou não. Mike gostava bastante de ouvir o seu irmão falar.

Dirigindo para fora daquele caminho, Mike decidiu não vender. Ele jamais poderia vender, e jamais iria construir também. Nada iria acontecer ali. Se séculos depois arqueólogos descobrissem o local, iriam encontrá-lo exatamente como Mike o havia deixado, ouvindo o som familiar dos pedregulhos sob os pneus do carro.

85

QUASE EM CASA. NUM CRUZAMENTO, eles param e Lyle olha para trás, para a fumaça no centro. Mike percebe que a vitalidade do irmão está indo embora. Ele pensa o quão perto da morte ambos estiveram. Se pergunta se Lyle está pensando a mesma coisa. Mike não sabe o que dizer, por isso fica quieto.

Quando chegam ao apartamento de Lyle, este diz que quer subir no terraço, olhar para onde eles estiveram. Mike quer fazer o mesmo e, hesitante, dá um tapinha no ombro do irmão, mas Lyle não lhe dá atenção.

— O que acontece agora? — pergunta Lyle.
— Nada — responde Mike.
— Não estou me sentindo muito bem — diz Lyle.
— Quer beber água?
— Mais tarde. Vamos dar uma olhada lá de cima.

86

TWEETY FICARA ESPERANDO do lado de fora. Como se uma amante lhe houvesse sussurrado no ouvido, ele sabia ser verdade assim que pensou a respeito.

Certo dia, ele estava sentado assistindo às aulas, de volta para casa, os pais mortos, o irmão maluco e ele sabia exatamente o que tinha contecido na noite que ele transou com Tweety. Ela havia deixado o apartamento de Burton e estava esperando Mike sair também para poder segui-lo até o hotel. Mas ele não saiu. Então ela ficou ali esperando, esperando e ficou nervosa por causa dos guardas e fumou cigarros. Era uma noite chuvosa, sem lua, o condomínio estava escuro e Tweety tinha um pouco de medo do escuro e tinha ficado ali esperando enquanto Mike bebia suas últimas cervejas.

Ela esperou, até que ficou claro que Mike não iria sair pela porta azul de Burton. E então Mike não consegue imaginar o que se passou pela cabeça dela, pois ela entrou na casa novamente e transou com ele, e ele nem ao menos se lembra muito bem.

87

EM OUTROS TERRAÇOS AO redor do prédio de Lyle, em vários elevados, havia pessoas olhando a fumaça, ouvindo as sirenes. Mike quer ficar calmo. Eles conseguiram.

— Ele não me deu o cantil — disse Lyle. — Eu simplesmente o peguei.

— Bom, provavelmente foi melhor assim — diz Mike.

— Eu posso ser louco, me desculpe, mas eu preciso lhe contar umas coisas.

— Veja bem, Lyle, dá um tempo nessa história de terceiro irmão, eu não...

— Não é sobre ele.

— Isso mesmo, porque ele não existe — diz Mike.

— Eu vi o que aconteceu, o que de fato aconteceu antes do incêndio.

— Você estava dormindo — Mike esperava estar certo. — Tem sorte de ter conseguido sair.

— Eu provoquei o incêndio.

— Você não tem que fazer isso, Lyle. Seja o que for que aconteceu, não foi você, e mesmo que tenha sido você, não foi você.

— Houve um motivo, Mike.

— Não há motivo para isso.

— Eu os estava acobertando. Eu tinha que fazê-lo. Eu não queria que você soubesse. Você é meu irmão mais novo. Eu tenho obrigação de cuidar de você.

— É, bem, olhe à sua volta. — Mike se arrependeu de dizer isso imediatamente.

— Eu tenho que lhe dizer.

— Dizer o quê?

— Houve um motivo, houve um motivo. — Lyle agora está gritando.

— Qual motivo? — Mike grita de volta, tornando suas palavras curtas. — Para o quê?

— Ela perdeu a cabeça, Mike. Ela finalmente perdeu a cabeça e o matou.

— O que você está dizendo?

— E então ela se matou.

— Que se foda essa história.

— Por isso eu acobertei o que aconteceu.

— Você quer ser internado de novo? — Mike mal consegue olhar para o irmão mais velho.

— Eu estava protegendo você.

— Eu não acredito nisso — diz Mike. — Simplesmente não acredito em você. Coloque a cabeça no lugar. Volto já. Vou buscar uma garrafa d'água.

88

A CASA, SILENCIOSA E traiçoeira, enche os pensamentos de Lyle.

Ele estava assistindo a tudo da escadaria. O pai entrou pela porta após lutar contra a fechadura. Era tarde. A mãe estava sentada sob uma luz fraca na poltrona do pai, diante das ondas do mar. O rifle estava atravessado em seu colo, para ser usado contra intrusos.

— Você nunca espera acordada — disse ele.

— Eu sempre espero acordada.

— O que há de errado? — ele ficou de pé na soleira da porta por um longo tempo, olhando para ela. Ela fitava imagens silenciosas que brilhavam na televisão. Ele se inclinou, ela o encarou.

— O que há de errado? — perguntou novamente.

— Estou com medo — disse ela, e então começou a chorar, enxugando as lágrimas com as costas da mão.

— Não fique — disse ele. — Não é você.

— Você está bêbado — disse ela.

— Eu sei.

— Você *é* um bêbado.

Ela tirou a televisão do mudo e aumentou o volume.

— Abaixe o volume — disse ele.

— Não — disse ela. — E você está sempre assim — ela estava tentando se levantar.

— Deixe-me pegar algo para ajudá-la a dormir — disse ele.

— Você acha — disse ela calmamente, agarrando o rifle em seu colo — que esta é uma boa maneira de se viver, com pílulas para fazer dormir?

— Temos apenas que seguir com a vida — disse ele.

— Você está bêbado — ela estava gritando agora.

— Isso tudo vai embora — disse ele. — Vai ficar tudo bem.

— Não — gritou ela, encostando a testa no cano frio do rifle em seu colo e balançando a cadeira.

— Já ficou tudo bem antes — disse ele, e caminhou até a poltrona, estendendo a mão para ela. Ela gritou novamente e deu-lhe um tapa.

— Puta merda — disse ele. — Não podemos fazer isso de novo. Olhe para mim. Deixe-me pegar algo para você. Você vai acabar acordando Lyle.

— Ele também — disse ela baixinho. — Eu o fiz com ele também. Ele terá essa coisa terrível.

— Você não fez nada a ninguém — disse ele. — Lyle vai ficar bem.

— Não! — gritou ela novamente.

— Você está incoerente — disse ele, se virando em direção à cozinha.

— Não! — disse ela, e bateu na coxa dele com o cano do rifle.

— Pare com isso — disse ele. — Chega.

Ela estava soluçando.

— Vou pegar alguma coisa para ajudá-la a dormir.

Ela bate em sua própria testa com o cano do rifle. As veias em seu pescoço ficam visíveis como se fossem organismos vivos independentes. Suas juntas ficam brancas por segurar a arma com força. Ela bateu no próprio rosto repetidas vezes com o cano de aço.

— Pare com isso! — gritou ele, mas ela ainda estava se batendo com a arma. Ele tentou tirá-la das mãos dela.

Lyle deu um pulo quando a arma disparou.

— Não! — gritou ela. — Não! — ela estava coberta de sangue e aterrorizada e Lyle não queria mais ver nada daquilo. Ela gritou novamente e colocou o cano dentro da própria boca. Lyle correu escada abaixo, mas não conseguiu chegar a tempo.

Quando Mike voltou para o terraço trazendo água, Lyle havia pulado.

89

ESTIVE LONGE DE UMA VIDA normal por um tempo e, como muitas pessoas, perdi minha família no ataque à cidade de Nova York. Meu irmão.

O luto é justamente isso.

E daí?

O luto não é transmitido de geração em geração, juntamente com os genes. Será que algum gene traz o luto? Precisa? É a isso que se resumem as famílias? Experiência. Sorte.

Havia a mitologia da família, mas eu suspeito que havia uma verdade diferente na família. Será que meu bisavô era metido a valentão ou ele simplesmente roubava coisas? Será que todas as mulheres da família da minha mãe eram lindas? Eu costumava ouvir meu pai conversar sobre tudo isso com o meu irmão, e também sua própria mitologia. Sobre o Vietnã e tudo o mais. Eles fumavam baseados como se fossem cigarros. Vítimas e ordens e crianças e fogo amigo, tudo isso contado em meio à fumaça entorpecente da maconha tarde da noite. Que clichê, mas era assim. A história continua.

O que posso dizer? Meus pais morreram num incêndio. E então as torres vieram abaixo e meu irmão morreu. Isso é a verdade. Mas o que eu faço com a verdade? Esse é o problema. Todos estavam mortos, por isso eu voltei para a faculdade.

Parte III

No devido tempo, todos nós carregamos feridas.
    Percebendo isso, Mike decidiu que era mais fácil conversar com pessoas que nunca existiram.

90

EU GOSTO DE LUGARES SOLITÁRIOS, onde eu possa pensar. Quem não gosta? Mas uma vez que você os encontra, tornam-se dolorosos de serem perdidos. Isso aconteceu comigo por causa de outro estudante, uma garota.

Atrás do Centro de Ciências estão os prédios de arqueologia e antropologia, bem mais velhos, com trepadeiras subindo pelas paredes. Eles estão subordinados ao Museu de História Natural da Universidade. Estou fazendo um curso de antropologia e por isso tenho acesso à biblioteca do departamento e mesmo ao museu. Alguns dos armazéns abrigam artefatos verdadeiros, com milhares de anos de idade. Estranhos esqueletos antigos e pedaços de ossos lascados, caixas de papelão cheias de dentes em prateleiras de aço sob luzes fluorescentes. Nenhuma das peças raras, as relíquias valiosas, é guardada aqui, mas ainda assim há bastante coisa para se ver.

Algumas vezes eu ando pelo departamento tarde da noite ou bem cedo de manhã, fingindo ser um estudante que precisa examinar ossos para a sua tese. Tais estudantes existem. Eu os vejo quando estou andando e gosto deles. Eles são implacáveis, trajando calças cargo sem modismo, bebendo café e fumando cigarros a noite inteira. Prazer no trabalho. Parece que pelo menos alguns deles prefeririam estar cavando buracos na Mongólia do que dando aulas, ou escrevendo artigos ou transando uns com os outros em cafés como acontece na maioria dos outros departamentos. Não que eu saiba muito a respeito.

Gosto de olhar os fósseis nos armazéns. Eu ia lá e mexia nos ossos enquanto pensava. Eles mantinham o lugar em baixa temperatura e umidade constante por causa dos ossos, assim era agradável ficar ali com minha jaqueta. Uma vez ou outra via algum pesquisador coletando exemplares para alguma aula. Eu ia lá e manipulava *pontas de flecha* ou uma réplica de mandíbula de *homo habilis* que provavelmente ainda me cortaria se eu a roçasse no meu antebraço, ou segurava o pequeno esqueleto de algum quase símio *australopithecine* do Leste da África.

Quando a garota entrou eu estava segurando a vértebra em frente ao meu rosto. Imagino o que deve ter parecido — parecia que eu estava beijando o osso — mas não estava. De qualquer forma, ela entrou e me viu sentado no chão de pernas cruzadas com a vértebra. Pensei que ela iria procurar o que tinha ido ali para pegar, mas ela pausou por um momento.

Gostei dela imediatamente. Ela era muito bonita. Eu não estava saindo ou tentando sair com garotas já fazia bastante tempo, desde Jane, mas gostei dessa garota. Ela caminhou entre as prateleiras vindo em minha direção e guardei a vértebra. Na verdade, ela estava procurando por algo que estava numa prateleira na minha frente. Levantei-me e saí do seu caminho.

Conversamos. — O que você está fazendo aqui? — perguntou ela. — Trabalhando — disse eu. — Oh, eu não queria atrapalhar, se eu pudesse apenas acessar aquela prateleira... — disse ela. Ela tinha estado escavando na Mongólia. Tinha fumado cigarros em jipes amarelos na estepe árida com arqueólogos risonhos e agora estava de volta ao legítimo inverno da universidade. Ela era do Kansas, e embora tenha passado algum tempo na Mongólia, não me senti de fora da conversa, pois eu era de Nova York e havia passado um tempo na Tailândia. Você sabe como são essas coisas.

Mas então recitei um artigo da Anistia Internacional para ela enquanto ela procurava pelo esqueleto. *O governo afirma que apenas quinze dos quase seiscentos mortos a bala nas últimas três semanas foram mortos pelas forças de segurança, e que os demais foram resultado de troca de tiros entre traficantes de drogas. As autoridades não estão permitindo que os patologistas façam autópsias, e foi reportado que as balas estão sendo retiradas dos corpos.*

Ela disse que era terrível e impressionante.

O que você sabe sobre injustiça?

Foi o que perguntei para ela.

91

ISSO É UMA CONFISSÃO.

Fiquei muito bravo com ela. Ela era linda e estava levando as coisas com calma, mas olhei para ela e disse: — Não podemos sair daqui juntos? Você está aqui às três da manhã, disse eu, procurando por ossos e eu estou aqui também, e se pudéssemos apenas sair daqui juntos...

Então me desculpei. Desculpe, estive trabalhando demais e agora já é tão tarde e sinto muito. Talvez possamos tomar um café no domingo pela manhã neste fim de semana. Não, não, ela tinha que ir à igreja no domingo. Talvez eu pudesse vê-la novamente entre os ossos, falei enquanto ela ia embora.

Será que ela ia mesmo à igreja? Fui à igreja duas vezes com meu pai e não havia garotas como ela lá, pelo menos não que eu tenha visto. Conversei brevemente com a vértebra em minhas mãos.

— Eu quero aquela garota — falei.

Você vai à igreja com ela?

— Não.

Não importa acreditar ou não em Deus.

— Eu sei.

Isso não é mais uma pergunta abstrata. Se você quer aquela garota, tem que ir à igreja.

— Não posso ir à igreja. Não acredito em igrejas.
Você pode segui-la no domingo pela manhã.
Assustei uma garota bonita. Pensei que estava perdendo a cabeça. Senti como se eu estivesse de barato. Me recompus e fui para casa. Às vezes você mesmo se encurrala.
Apenas uma noite ruim.
Nunca tive fé e não imagino encontrar fé. O pesar não é desculpa para ter fé. Eu poderia voar assim como poderia acreditar em qualquer coisa, exceto na instabilidade do mundo em que eu vivi. E ela era apenas uma estudante. Não era a tribo assombrada da vértebra. Ela saiu correndo com o fóssil em suas mãos e me sentei no chão novamente e deixei cair a vértebra que estava segurando.
Apenas uma noite ruim.

92

O PROFESSOR PASSOU UM trabalho final. O tema é "uma análise sobre a crença na literatura". Uma análise da fé. Sempre fui bom em escrever ensaios.

Mas este ensaio é complicado. É sério e nunca fui um acadêmico sério. Na verdade, mal fui um estudante neste outono. Não falei durante os seminários. Eu deveria ter falado, pois acabei de transferir o curso para cá novamente, mas não o fiz. Nada a dizer. Talvez eu apenas não me importasse mais. Então fiz o tipo silencioso.

Além disso, também estava sempre com frio — alguma psicopatologia em ação, sem dúvida alguma —, por isso sempre usava minha jaqueta. Acho que o fato de não tirá-la tornou os seminários desconfortáveis. Talvez tenha sido a jaqueta. Ela tinha um sol nascente vermelho com caracteres japoneses na parte de trás. Talvez ela me proteja. Pelo menos acho que é bonita.

Encontrei-a numa pequena loja no centro, que vende coisas do Exército e da Marinha, quando procurava um casaco para o inverno que se aproximava. O lugar estava cheio de pessoas procurando máscaras de gás, e o proprietário era o único trabalhando na loja. Ele era solícito e tinha os olhos marcantes, alto e magro, um pouco calvo, plaquetas de metal com os dados pessoais balançando no seu pescoço sobre a camiseta preta e calças camufladas. Era agradável, estusiasta com os clientes, mas sem ser agressivo. Até parecia levemente irônico com relação a vender máscaras de gás. Dizia algo sobre elas serem peças legais para colecionadores, embora os clientes claramente tivessem sua própria proteção em mente.

Ele não foi irônico com relação à jaqueta que eu estava comprando, mas sei que mentiu sobre ela. Me viu experimentando a jaqueta e se aproximou. Era um pouco pequena, mas não me importei e gostei dos caracteres japoneses nas costas. Tinha cheiro de coisa velha.

— Pois é, é uma jaqueta e tanto — disse o proprietário. — É uma jaqueta *kamikaze*.

— Então como ainda está aqui? — perguntei.

— Boa pergunta — ele ficou bastante sério. — Os militares japoneses venderam várias peças dos seus excedentes durante o desarmamento pós-guerra. Uma parte foi para os Bálcãs, outra foi para o Sudoeste da Ásia, tudo bem baratinho. Então poderia ter vindo daí. Mas esta jaqueta em particular me foi vendida por um velho que entrou na loja certo dia. Tentei perguntar sobre ela, mas ele queria apenas falar de dinheiro. Ele pedia tão pouco pela jaqueta, que ficou contentíssimo quando lhe disse o que pagaria por ela. Na verdade, era um velho japonês, o que faz você pensar que ele guardou a jaqueta desde a guerra. Ótima aquisição. Fiquei bastante surpreso.

Pensei sobre aquilo. Não acreditei na história, mas era uma jaqueta legal e eu paguei trezentos dólares por ela, o que a torna uma réplica cara ou um verdadeiro achado. Quanto poderia valer uma verdadeira jaqueta *kamikaze*? Pelo menos uma vida. A conclusão lógica para a história do proprietário sobre o velho japonês era de que ele era um *kamikaze*, mas a guerra acabou antes que ele tivesse que voar ou ele se acovardou e desistiu. De qualquer forma, a jaqueta era beleza.

Eu a uso o tempo inteiro. As pessoas não parecem me incomodar tanto quando a estou usando.

93

HÁ UM HOMEM QUE VENDE jornal na praça. Ele é grande, negro e tem uma barba ouriçada. Tem uma pança e usa boné de beisebol, calças de veludo cotelê e casaco cinza. O que ele faz? Na verdade, não sei. Ele fica em fente a um café onde estudantes se reúnem e tenta vender a eles um jornal que eles não querem. Ele é um sem--teto, ou pelo menos diz que é. Seu grito o tornou famoso: tenha compaixão, tenha compaixão, tenha compaixão.

Você o conhece? Pode ser que sim. Ele fala de forma engraçada. As palavras parecem se juntar numa só enquanto ele grita a todo volume, tenhacompaixãotenhacompaixãotenhacompaixão, ajude o sem-teto.

Não sei ao certo como ele é. Eu dei a ele um dólar pelo jornal outro dia, *O Jornal do Troco*, para tentar entendê-lo melhor. Havia acabado de ver uma garota dar um sanduíche a ele. Ele tentava expulsá-la dali, mas ela ficou oferecendo o sanduíche, estendendo-o em sua direção. No final ele acabou aceitando. Foi uma troca estranha. Antes disso, quando ela estava a meia quadra de distância, ele havia dito entre os seus *tenha compaixão* que ele estava com *tanta fome, tenha compaixão*. Acho que ela o escutou e pensou no sanduíche que estava comendo ao sair da aula de piano ou ao deixar o namorado, ou seja, o que for que garotas bonitas fazem nos dias frios do final de novembro. Talvez ela tenha pensado no sanduíche e decidido que ele faria melhor proveito do que ela. *Seja como for.*

No início ele tentou recusar. Ele não queria a merda do sanduíche. Eu até o ouvi dizer *não, eu estava apenas brincando*. Brincando sobre ter fome? Ou talvez eu tenha perdido parte de sua conversa com a garota a caminho de sua aula de piano com o namorado. E se ele estava apenas brincando, por que a garota não ficou com o sanduíche? Estamos vivendo tempos estranhos. A garota poderia ter anorexia e não conseguir comer. No final ele pegou o sanduíche e me aproximei dele enquanto comia.

Ao me aproximar, vi que ele era ligeiramente mais amarrotado do que parecia ao ser visto do outro lado da rua. Estava comendo o sanduíche vorazmente. Havia migalhas de pão em sua barba, presas como pequenas ilhas naquele emaranhado de fios. Andei até ele e disse: — Com licença, poderia me vender um jornal, por favor?

Ele olhou para mim.

Dei um dólar para ele. Pensei sobre aquele cara bastante tempo antes de fazer isso. Senti, e ainda sinto, que havia algum tipo de conexão entre nós. Não exatamente entre nós, mas entre mim e a ideia dele. O que é, acho, uma percepção egoísta. De qualquer forma, tive algumas ideias a respeito desse homem. Eu nunca havia lhe dado nenhum trocado anteriormente, muito embora eu passe por ele quase todos os dias e eu frequentemente dou trocados para os sem-teto. Há uma razão para ele, entre todos os sem-teto, produzir em mim uma abstenção de caridade. Quando eu transferi meu curso para cá, quando eu ainda procurava pelos novos segredos desse lugar, talismãs, compreensão, eu o vi conversando sem encenações. Ele era um mentiroso, e eu sabia disso.

Quando as pessoas o veem pela primeira vez, ou pelo menos quando eu o vi pela primeira vez, pensei que ele era doente, ou lento, ou algo do tipo. Ele estava acometido de um tremor incontrolável. Ele não parecia perigoso, apenas falava alto, embora ao olhar para ele novamente no dia do sanduíche, ele parecesse potencialmente bastante perigoso. A jovem que havia dado o sanduíche a ele era baixinha e tinha a pele muito branca. Seja como for, no início quando eu o vi pensei que tinha algum tipo de deficiência, mas então outro dia o vi na esquina do café conversando com outro cara. Ele não conversava com aquela mesma voz que usava para vender jornais e fumava um cigarro.

Aha! — pensei, e contei para todos os meus amigos quando passávamos por ele, ou simplesmente enquanto comíamos: — Não dê nenhum trocado para o cara em frente ao café. — Eles perguntavam por que e eu contava o que havia visto, adicionando a declaração de que o cara era um charlatão. Eu fiz isso como se fosse minha obrigação, uma atitude muito nobre, como se tivesse sido encarregado de alertar as pessoas sobre esse criminoso, que de fato nunca foi um criminoso e que era tão charlatão quanto eu.

Não sei se o que aconteceu no dia do sanduíche foi uma epifania ou não. Talvez. Acredito que existem muitas modalidades de epifania e essa pode ter sido uma, essa revelação que me impeliu a dar um dólar para aquele homem.

Talvez tenha importância se você finge ou não ser retardado. Talvez não. Mas percebi que ele não estava fingindo ser retardado, ele estava apenas trabalhando. Pensei que tipo de homem ele deve ser para ficar ali, de pé num local público, e dizer oi para todo mundo, como ele fazia.

Ele cumprimentava cada passante.

— Olá senhor, rapaz, dama — e assim por diante. — Rapaz de sorte — ele poderia acrescentar — com uma senhorita tão bela. Como conseguiu uma moça tão..., olá, madame. — E algumas dessas pessoas sorriam para ele, envergonhadas, algumas continuavam caminhando sem olhá-lo, outras ouviam música em seus fones de ouvido e não podiam escutá-lo, outras se desculpavam e às vezes crianças gozavam dele discretamente em seus grupinhos. Ele ficava ali durante horas, todos os dias de sol do ano antes da chegada da neve.

Ele, provavelmente, já viu tudo o que um pedestre pode fazer com um mendigo. Tenho certeza de que ele não ficou surpreso quando me aproximei dele enquanto comia seu sanduíche e pedi um dos jornais que ele vendia. Aposto que ele não pensou nada a respeito quando entreguei a ele meu dólar e ele me deu o jornal.

Eu disse obrigado e tudo acabou rapidamente. Foi uma transação silenciosa. Eu o ajudei.

94

MEU EDITOR DA ÁSIA veio me visitar. Elliot Analect estava batendo em minha porta. Foi uma grande surpresa, mas talvez eu não devesse ter me surpreendido. Ele estudou aqui com meu pai e estava de volta dando uma palestra. Algo sobre a liberdade de imprensa no Sudoeste da Ásia.

— Seu pai e eu estivemos nesta mesma casa — disse ele —, mas é claro que você já sabia disso —, ele vestia um terno azul e um cachecol branco e estava parado do lado de fora do meu quarto, como se fosse um parente vindo visitar. Ele era mais ou menos um parente. Era o mais próximo de um parente que eu ainda tinha. Ele e meu pai um dia foram como irmãos, ou pelo menos foi o que Analect havia dito para mim. Me fez pensar por que ele me fez ir atrás de Dorr, se ele era assim tão próximo do meu pai. Deve ter pensado que estava me enviando para algum tipo de rito de passagem, algo bom para mim. Um teste. Mas eu havia falhado.

Demos uma caminhada e eu estava usando minha jaqueta de couro. Ele falou sobre meus pais e eu não disse nada.

Eu não ligava para os meus pais. Eu sabia o que tinha acontecido com eles. Eu queria saber o que tinha acontecido na Ásia depois que fui embora. Percebi que nem mesmo sabia se Bishop tinha escrito a matéria.

— Seu pai e eu tivemos bons momentos aqui — disse ele.
— Como foi?

Analect me contou novamente como meu pai era incrível, como era um *bom homem*, e como era óbvio que não havia nada que ele pudesse dizer para expressar como ele sentia muito pelo que havia acontecido.

Concordei. — Agradeço, mas você está certo. Não há nada a dizer.

Não nevava havia uma semana e era uma manhã de inverno morna, a neve derretendo sob nossos sapatos. Passamos pelo cara do Tenha Compaixão, gritando e vendendo os jornais.

— Christopher Dorr também estudou aqui — disse eu.
— Comigo e seu pai — disse ele. Analect parecia saber que eu iria perguntar sobre isso, acho. Então ele me perguntou: — E então, você o viu enquanto esteve lá em Bangcoc? Bishop não soube me dizer.

— Sim.

Eu não sabia o que dizer. Eu não podia contar que tive medo de Dorr, embora tenha sido isso que senti. Mas se tivesse a chance, gostaria de ter outro encontro com ele, encontrar com ele e duelar. Não acho que ele iria mais me meter medo, e eu gostaria de assustar a vida para fora do corpo dele naquela casa de estacas. Talvez arrastá-lo até a rua e colocar suas pernas no meio-fio e pular sobre elas para quebrá-las como galhos de árvore. Ele não passava de um drogado. Eu libertaria aquela cadela de sua angústia.

— Ele estava maluco — disse eu.
— Como você está? — perguntou Analect.
— Escola — disse eu.
— Dorr não está mais em Bangcoc.
— O que aconteceu com ele?
— Fui lá dar uma olhada eu mesmo. Burton me levou até a casa dele em Khlong Toei, mas ele havia ido embora.

— Então onde ele está? — de repente eu estava perturbado.

Analect, as mãos nos bolsos, olhou para o céu. — Provavelmente morto. — Então ele se virou e olhou para mim e percebi como eu estava desgrenhado. Cansado. E algo na maneira como ele olhou para mim me fez ter vontade de dar um soco em seus dentes.

— Mike, você tem que ter cuidado para não ficar maluco.

— O que você está me dizendo?

— Achei apenas que deveria vir até aqui ver como você está.

Muito estranho.

Não era culpa dele. E daí se ele me mandou para Bangcoc para ficar chapado com mochileiros? Isso não me deixou maluco. E não era da conta dele. Talvez ele se sentisse culpado por perder Dorr, por isso quis minha ajuda. É o que penso agora. Somos todos iguais, não?

— Tenho que ir — disse para ele, e fui embora.

95

AS PESSOAS QUE ME CONHECEM sabem que meus pais estão mortos, e me pergunto se os professores também sabem, se há alguma informação nos meus arquivos. Às vezes gostaria que todos soubessem e outras vezes gostaria que ninguém soubesse, especialmente os professores.

Há um professor de quem eu gosto. Acho que ele sabe.

Foi ele quem passou o ensaio sobre fé. Esse ensaio é de alguma forma muito importante. Como se eu pudesse compensar um semestre ruim, me acalmar se trabalhar pesado nele. O trabalho vai salvá-lo, dissera meu pai. Eu acredito nisso, exceto que não o salvou.

O ensaio vai me ajudar a conversar com esse professor, pelo menos. Seu nome é Dr. Hunt, e seria bom tê-lo como alguém com quem conversar.

96

FUI A UM *SHOW* NA NOITE seguinte à visita de Analect. A banda se chamava *The Square* e era uma dupla de *rappers* com uma banda de *rock*. Eles tocaram no último andar do prédio da revista literária. É um prédio velho, feito de madeira e tijolos e a revista, chamada The Advocate, é publicada trimestralmente, acho. A maioria das pessoas de cabelos desgrenhados vem aqui encher a cara de bebida barata.

Então, *The Square* estava tocando. A banda atrás dos dois *rappers* estava tocando alto. E como isso foi apenas alguns dias atrás, eles estavam tocando músicas de Natal. Eu estava no fundo do bar, fumando cigarros para fora da janela. Sei que isso não faz bem, mas é quase tudo o que eu faço agora. Apenas fumo cigarros o dia inteiro. Acho que estou fumando mais de dois maços por dia. Também estava tomando o que os literários chamam de suco da selva, vodca barata com suco em pó em um copo de plástico vermelho. — Afinal de contas — disse um editor —, todos sabemos que a faculdade está no fundo de um copo descartável.

Parecia que o prédio poderia pegar fogo a qualquer momento. A madeira da pista de dança estalava e todos estavam fumando, mesmo enquanto dançavam. Como começa o incêndio numa casa? O Corpo de Bombeiros tem um departamento especial para investigar as causas de um incêndio. Normalmente eles não conseguem descobrir exatamente o que aconteceu. Normalmente é um mistério.

Uma família numa casa. A luminária cai no chão. Em algum lugar atrás das paredes um fusível estoura. Fios se cruzam, centelhas azuis voam. Alguém esquece o forno ligado. Uma criança brinca com fósforos. Um cigarro incendeia o lixo. Talvez esqueçam de apagar as velas após o jantar, pois tomaram duas garrafas de vinho e correram para a cama. Talvez o tempo fique tão quente durante o verão, que a casa simplesmente entra em combustão. Talvez o piso fique muito quente para ficar em pé sobre ele, como a areia da praia sobre a qual você corre à tarde, e então pegue fogo. Um incêndio de origem indeterminada é como os investigadores o chamam.

Os investigadores sabem algumas coisas. Vinte e cinco por cento dos incêndios começam na cozinha; 15,7%, no quarto; 8,6%, na sala de estar; 8,2%, na chaminé. Segundo eles, 13,4 pessoas em cada um milhão vão morrer num incêndio em casa este ano. As principais causas são, em ordem: cozinhar, incêndio criminoso, sistema de aquecimento e descuido ao fumar.

A banda começou a tocar *Carol of the Bells*, e os MCs começaram a cantar juntamente com o público. Todos estavam bêbados, gritando e dançando.

Eles balançam sem parar em seu alegre ritmo.

Foi tão lindo, que tive que ir embora.

97

EU NÃO DEVERIA TER SIDO tão ríspido com Analect. Me arrependo agora. Gostaria de ter sido mais atencioso. Elliot Analect queria endireitar as coisas. Queria colocar os pingos nos is. Queria ser uma pessoa decente, checar o filho do amigo, que tinha ficado órfão. Ele estava tentando ser atencioso. Não sei o que há de errado comigo.

98

FUI A UMA MISSA ESPECIAL de feriado. Pensei que talvez pudesse ver a garota do curso de arqueologia. Pensei que pudéssemos nos encontrar nos degraus largos e cheios de neve e ela veria que não sou doido. Me ouviria cantar quando todos ficássemos de pé cantando. Veria como eu iria prestar atenção, a luz que brilharia nos meus olhos de respeito pelas coisas sagradas. Na saída eu me desculparia. Talvez algo acontecesse.

Eu não fui apenas por causa dela. Não gostaria de mim se eu fosse apenas por este motivo. Fui porque sempre gostei de igrejas. Esta é simples. Estilo da Nova Inglaterra, branca, bancos acolchoados. Pessoas famosas falam aqui. O Dalai Lama. O reitor da universidade. Escritores famosos. Pessoas notáveis.

Essa missa acabou sendo uma missa anual extravagante. Eu nem fazia ideia. Jovens de *smoking* entregavam o programa impresso em papel pesado aos que entravam. O capelão ficou de pé no púlpito e me lembro que ele leu algo sobre a natividade e então fez o sermão. Depois houve música e canto. Foi uma missa agradável numa igreja à meia-luz. Não ouvi sobre o que o capelão falou. Ou talvez eu apenas não me lembre.

Gostaria de poder me lembrar. Não tenho me lembrado das coisas muito bem. Queria ter mencionado isso antes a você, mas iria parecer falso. Um psicólogo com quem me consultei em Nova York me disse que achava minha condição *sugestiva*. Quer dizer, que eu acho que estou esquecendo as coisas, então me faço esquecer das coisas. Por exemplo, marquei outra consulta de retorno com ele, mas esqueci qual era a data. Eu, genuinamente me esqueci da consulta, mas ele disse que era um exemplo da sugestão. Depois disso, fiquei muito envergonhado para retornar.

Havia alguns professores na missa. Alguns dos mais velhos são religiosos, praticantes. A maioria dos que vi não tinha religião, mas gostava de passar uma tarde na igreja. Acho que era isso que eu buscava também, mesmo que não me lembre a respeito de que foi o sermão. Não sou religioso, mas acredito em alguma coisa.
Sou espiritual.
Isso é o que todo mundo nessa universidade diz o tempo inteiro, então eu também sou. Mas essas pessoas que se fodam, eu que me foda. Eu não queria, mas fiquei tão irritado pensando nisso tudo durante a missa, que me levantei do banco onde estava sentado com mais ímpeto do que eu queria. As pessoas se viraram e o capelão até teve que fazer uma pausa por causa da inquietação. Pelo menos a garota do curso de arqueologia não estava lá.
Lá fora na neve, desci as escadas largas.

99

NO DIA SEGUINTE, DR. HUNT, o professor que passou o ensaio sobre a fé, veio até mim no corredor enquanto eu caminhava para a aula. Ele puxou conversa. Ele estava na missa e queria saber *como eu estava*. Disse que não queria se intrometer, mas que eu parecia perturbado enquanto saía da igreja. Tentei me lembrar. Tenho uma sensação ruim de que pode ter havido lágrimas no meu rosto enquanto eu ia embora.

Não queria fazer confidências a ele. O que eu iria dizer? Espero não estar sendo mal-educado propositalmente, mas todos estão mortos. Não tenho nada sobre o que gostaria de conversar.

— Se você quiser conversar algum dia, tomar um café, aqui está meu número de telefone — disse ele.

— Obrigado — disse eu, e fui embora com pressa, jogando o cartão dele numa lixeira.

Por quê? Tenho tido o ímpeto de fazer com que todos fiquem com medo. Sei que isso soa áspero. Mas estou tentando falar a verdade e estou com raiva. Quero que o Dr. Hunt ranja os dentes como eu e quero que ele sinta medo. Quero que ele fale e sinta como se alguém escondido num arbusto pudesse pular sobre ele e esmagar seu rosto com uma pedra. No primeiro golpe seus belos dentes brancos iriam lascar e então no segundo os lábios seriam forçados para cima deles, se abrindo e seria sangue para todo lado.

Você consegue ouvir a si mesmo dizendo essas coisas, falando palavras que você não queria ter dito? Palavras que não são você, não são eu, mas que falam por si mesmas antes que você consiga pará-las e você tem que escutar.

Fico tão cansado depois de pensar sobre isso, que quero dormir por dias.

Naquela noite procurei o número de telefone do Dr. Hunt, liguei para ele e marquei um horário para conversar e tomar um café.

100

NO MEU SONHO, vejo Tweety ser executada. Nem tenho certeza se tenho esse sonho, mas acho que o tenho bastante. Acordo muito rápido e não consigo me lembrar, mas acho que é sobre isso que tenho sonhado.

Acho que acontece assim.

Tenho olhos na parte de trás da minha cabeça. É muito estranho para descrever, ver o mundo em duas direções. Estou na motocicleta azul atrás de Harrison e estamos acelerando para longe dali, exceto que dessa vez, por causa desses olhos extras, consigo ver atrás de nós. Primeiro o tenente fala para que eles se ajoelhem e o irmão de Tweety obedece. Mas Tweety não. Ela começa a lutar com eles, e isso me dá esperança por um momento, mas então um dos policiais bate em seu rosto com a coronha da arma. Assim que ela cai no chão eles atiram nela e então atiram no irmão, que ainda está ajoelhado e mijou nas calças. Meus olhos normais se fecham ao ouvir a arma sendo disparada, mas os terríveis olhos atrás da minha cabeça nem piscam.

101

DR. HUNT E EU COMBINAMOS de nos encontrar em seu escritório e de lá irmos a algum outro lugar tomar o café. Eu queria chegar no horário, mas me atrasei, assim como tenho me atrasado para tudo ultimamente. Estava lendo o jornal e fiquei entretido com uma matéria sobre uma companhia corrupta do Corpo de Bombeiros. A companhia praticamente inteira havia transado com a mesma mulher e ninguém queria assumir o filho. Quando me dei conta do horário, sabia que teria que correr para o escritório do Dr. Hunt para chegar a tempo. Mas eu havia decidido, assim que entrei no *campus* este ano, que não iria correr para lugar algum. Não vale a pena perder a dignidade e sair correndo para a aula, como um confuso estudante de medicina. Então fui caminhando para o escritório dele e cheguei atrasado.

A porta estava aberta. Ele é um professor sênior, por isso sua sala tem vista para o *campus*, localizado no terceiro andar no edifício em estilo inglês. A sala era amarela pela luz solar, como num filme sobre universidades. Era o meio da manhã e ele estava sentado à mesa lendo um livro e tomando notas. As paredes eram cobertas de estantes de livros bem organizadas e ele disse: por favor, sente-se na poltrona confortável ali no canto, não na cadeira de madeira à minha frente.

Eu estava irritado. Não sabia o que iria dizer para ele e temia ficar em frangalhos, como uma criança durante o divórcio dos pais. Estava com medo de ter ido ali para fazer isso sem ter a intenção de fazê-lo. Estava adivinhando minhas próprias intenções.

O Dr. Hunt disse que estávamos com sorte pelo fato de o dia estar tão bonito. Eu concordei. Perguntou-me sobre o ensaio, aquele que eu deveria estar escrevendo. Aquele que eu deveria estar escrevendo nesse momento em vez de narrar tudo isso para você. Eu respondi que o ensaio estava indo bem, eu é que estava um pouco mal.

Hunt assentiu com a cabeça, demonstrando solidariedade.

Fui direto ao ponto. Eu sabia o que ele queria. Novo inglês, cabelos brancos, avô, intelectual, ele genuinamente queria ajudar. Acha que porque cultiva seus próprios tomates, faz caminhadas na floresta, tem uma bela esposa, um estúdio e uma taça de vinho, tudo pode ser consertado.

— Sim — disse ele. — Eu notei que você parecia um pouco abalado ao deixar a missa. É um clichê, sabe, mas é uma época do ano difícil. Todo mundo fica um pouco abalado.

— Acho que você sabe minha história — disse.

— Não, eu apenas pensei... — ele é generoso, bondoso e tira seus óculos quadrados.

— Não vim aqui contar minha vida.

— Não, eu apenas achei que poderíamos tomar um café. Eu gosto de ter você na minha turma.

— Eu não falo muito. — Não acreditei que ele não sabia da minha história.

— Você não precisava falar muito — disse ele. — Vamos tomar o café?

— Parece que todo mundo sabia.

Eu poderia dizer a ele que transei com uma prostituta na Tailândia e a fiz ser morta. Poderia ter dito a ele que minha mãe matou meu pai e se matou. Que meu irmão ateou fogo na nossa casa.

Que meus pais pereceram nesse fogo. Poderia ter dito que meu irmão morreu no 11 de Setembro em Nova York. Que eu estava aterrorizado, que como o homem primitivo descendo da árvore numa noite de lua cheia eu estava com medo de que minha mente estivesse me traindo e de que houvesse criaturas esperando por mim na escuridão da savana. Poderia ter contado a ele que ouço vozes e vejo uma garota carregando um bebê numa motocicleta.

Ele balançou a cabeça, concordando.

Estava prestes a mentir maliciosamente e senti bile em minha boca e pressão em minhas têmporas e me deixei levar. De alguma forma, estava me fazendo sentir bem.

— Minha namorada estava grávida — foi o que disse a ele —, e então morreu num acidente de moto.

Seus dedos estavam entrelaçados e seus olhos se fecharam por um momento.

Fiquei em silêncio brevemente, como se não tivesse forças para continuar e então disse: pois é, tenho conversado com meus pais e eles têm tomado conta de mim, especialmente meu irmão tem sido ótimo, sabe, meu melhor amigo. Eu apenas não sentia que deveria vê-los nesse feriado, por isso fiquei aqui e talvez devesse ter ido. Talvez eu ainda vá para casa.

Dr. Hunt engoliu aquilo tudo com bondade. Me senti melhor e ele não tentou me dizer nada. Caminhamos no sol frio e ele me pagou um café e conversamos sobre livros por um tempo. Então desejamos Feliz Natal um ao outro e ele disse que estava ansioso para ler meu ensaio.

— Você deveria ir para casa no Natal — disse ele. Apertamos as mãos.

O encontro me lembrou de uma piada ruim que ouvi em Bangcoc sobre um carteiro japonês. O cara vivia em Hiroshima, e quando jogamos a bomba o calor acabou com sua pele, mas ele sobreviveu. Ele se arrastou para fora dos destroços de sua casa, cheio de bolhas e todo quebrado e conseguiu subir em sua bicicleta. Pedalou por um dia inteiro, tentando fugir da radiação. Ele não parou até chegar a Nagasaki, a tempo de ser bombardeado de novo. Mas novamente ele sobreviveu. Um repórter australiano encontrou com ele no hospital logo depois, quando ele estava morrendo por causa de mutações no seu sangue, mas ele ainda não sabia disso. O repórter perguntou como ele se sentia. Ele disse que se sentia o homem mais sortudo do mundo. Eu também.

102

EXISTE UMA TRADIÇÃO DE mijar na estátua do fundador, John Harvard. Isso é feito no meio da noite. A estátua é de bronze e tem três vezes o tamanho natural, um cavalheiro austero sentado numa cadeira num pedestal no meio do *campus*. Rapazes e garotas escalam a estátua e mijam nela.

Nunca me ocorreu mijar na estátua antes de eu ir embora. Muita idiotice. Mas o livro da universidade enfatizava a importância da comunidade e estou de volta agora. Então por que não? Além disso, a garota do curso de arqueologia me disse, antes de eu assustá-la, para que eu me divertisse um pouco. Essa era a minha intenção na noite em que fui mijar na estátua.

O ar estava limpo e bastante frio, como todas as noites aqui, e a água nos meus cabelos recém-saídos do banho congelou enquanto eu caminhava. O *campus* estava deserto, mas luzes amarelas brilhavam em cada janela, iluminando os estudantes enquanto estudavam ou bebiam. Parecia ser um ou o outro.

Normalmente se mija na estátua em grupo e bêbado, mas eu não estava bêbado e estava sozinho. Deveria ter chamado alguém. Venha comigo e torça para mim, eu teria dito, da mesma forma que todos vocês fazem uns para os outros. Mas na verdade não havia ninguém para quem ligar.

Talvez a estátua fosse como um templo, decidi, e então a tratei como tal. Decidi apelar para a sabedoria dela enquanto mijava. O mijo era uma oferenda apropriada, por isso eu o ofereceria respeitosamente. Estava muito escorregadio e seria idiota tentar escalar a estátua, por isso fiquei em frente a ela, desci o zíper da calça e urinei em sua base. O vapor subiu quando a urina quente aterrissou no metal congelado, derretendo a neve sobre ele. Fiz uma oração silenciosa e me senti um tolo enquanto subia o zíper novamente. Mas ninguém viu, não havia ninguém por perto. Fiquei ali por bastante tempo, minhas bochechas ficando cada vez mais frias, pensando sobre o que eu havia aprendido na faculdade até então. Todos concordam que não se frequenta a faculdade por causa das aulas, mas sim para fazer amigos e contatos. Para transar. Para deixar sua família sem ficar sozinho.

E então ouvi pessoas se aproximando. Eram dois rapazes e duas garotas. Casacos grossos e pesados no frio. Eles estavam se apoiando uns nos outros, rindo e segurando os braços uns dos outros. Peguei um cigarro e acendi, me encostando na estátua próximo à piscina da minha própria urina na neve derretida.

— Aqui, aqui — disse um deles. — Que seja sabido que Dorothy veio aqui para desempenhar a tradição.

Uma das garotas parecia estar sendo arrastada.

— Ora, vamos — disse a amiga. — Todos nós já fizemos.

Eles percebem minha presença e o líder diz em voz alta: — Com licença, colega estudante, outro de nós deve deixar sua marca no respeitável fundador.

Balancei a cabeça e saí do caminho, fumando meu cigarro, mas fiquei observando de perto. Eles não me deram atenção. Estavam muito ocupados convencendo Dorothy a mijar na estátua.

Finalmente ela acabou fazendo. Observei enquanto ela escalava a estátua. Olhou em volta nervosa e seus amigos fizeram o mesmo, mas não havia ninguém a não ser eu. A garota ficou de pé na coxa da estátua e sua face de bronze benevolente olhava para mim por sobre o ombro dela. A luz refletida na estátua deixava a garota amarelada. Foi uma cena inexplicável, um pequeno primata sobre o enorme homem de bronze.

— Fiquem de costas — gritou ela para os amigos e eles obedeceram.

— Estamos ouvindo — disseram eles.

A garota havia esquecido de mim. A verdade é que eu estava escondido observando. Ela se apoiou na cabeça da estátua e então, como um chimpanzé de circo, se agachou e desceu as calças. Pude ver, quando ela puxou o casaco, suas pernas brancas espetaculares e um chumaço de pelos púbicos. Então ela começou a urinar e a urina desceu por entre suas pernas, escorreu pela estátua e ela disse: — Oh, está muito frio! — e seus amigos riram e disseram: — Pelo que estamos ouvindo foi uma mijada boa, Dot.

Dorothy vestiu as calças e começou a descer, mas escorregou. Pensei que ela iria quebrar o dente no bronze, mas não. Observei enquanto ela balançou os braços e caiu pesadamente sobre minha urina na neve. Ela soltou um ganido de surpresa e seus amigos ficaram imediatamente sérios.

— Graças a Deus você está bem, pareceu uma queda terrível, tem certeza de que você está bem?

— Acho que sim — fungou Dot.

Vamos tomar um chocolate quente e então iremos nos sentir melhor, concordaram todos, e foram caminhando juntos para tomar o chocolate na noite fria.

Eles iriam ser líderes um dia, pensei. Iriam se tornar médicos famosos, investidores em novas ideias, políticos, pessoas notáveis. Iriam ditar as regras, controlar a riqueza. Seriam poderosos. Imprimiriam respeito. Poderiam até mesmo subir em pódios, nos ombros da estátua mijada e falar em público.

Queria assassiná-los, um por um.

103

QUERIA TAMBÉM PODER ter ido com eles. Parte de mim queria tomar um chocolate quente.

Jane e eu não estamos mais juntos. Nosso relacionamento ficou abalado depois do 11 de Setembro. Fui cruel e fiquei mal por um bom tempo, na verdade desde Tweety, e se eu puder tirar algum ensinamento da minha crueldade, é que fui cruel com Jane porque não era bom para ela ficar comigo. Por isso não dei a ela muita escolha. É isso que digo a mim mesmo.

— Talvez não — disse ela para mim ao telefone, e isso foi tudo. Estava cansada. E depois disso, no dia em que Lyle morreu, não tentei falar com ela novamente. Ela me ligou quando ficou sabendo sobre o que aconteceu e deixou uma mensagem sobre Lyle, sobre amigos poderem contar uns com os outros mesmo se não estiverem mais juntos.

Mas naquela altura eu já estava em outro lugar, e não liguei de volta para ela. Era tarde demais. Em outro lugar, como onde estou agora. Uma cidade diferente, uma faculdade diferente. Relacionamentos a distância, ouvi dizer, nunca dão certo.

104

ESPERANDO REENCONTRAR A GAROTA do curso de arqueologia, voltei ao Museu de História Natural com frequência. Raciocinei que ela era uma grande arqueólogo, então deveria fazer pesquisas aqui.

Durante minha última visita lá, um grupo de crianças do ensino fundamental estava fazendo uma excursão. Eu estava observando a melhor exibição, que era um esqueleto reconstruído de urso polar. Os ossos são amarelos e indescritivelmente macios e brilhantes ao toque. Frequentemente quebro as regras e corro minha mão pelos ossos daquele grande urso morto.

As crianças se aproximaram enquanto eu estava olhando o urso. Elas seguiam uma estudante em final de curso, que tinha o andar largo e amigável de um herbívoro. Não era a garota do curso de arqueologia, a que eu queria ver, mas era eloquente e bastante informativa. Os ursos polares são inteligentes como os símios, explicou. Um urso polar pode viajar todo o arquipélago de Svalbard, ou cruzar o Canadá, andando calmamente por sobre o ofuscante gelo branco até o Alasca e então caminhar de volta. Soou como uma boa viagem para mim. Comecei a seguir atrás das crianças.

Era um grupo de crianças particularmente belo, de alguma escola católica, acho. Os meninos ainda pareciam pequeninos em suas gravatas, com suas compleições magras, quase como elfos. Mesmo os gordinhos pareciam jovens, não grudentos e vulgares. As meninas pareciam mais velhas, é claro, com suas saias pregueadas e camisetas polo.

Eu os estava seguindo, é verdade. Após mais algumas exibições, um segurança, a quem eu via o tempo todo entrando e saindo do museu, aproximou-se de mim e perguntou se eu poderia segui-lo. Eu disse que claro, poderia, mas qual é o problema, e percebi que a guia herbívora me olhava enqunto explicava às crianças sobre os macacos. Ela havia chamado o segurança. Ele me disse que eu não deveria seguir as crianças. Eu disse que não estava seguindo as crianças, estava apenas ouvindo as explicações. Era um absurdo. Eu olhei uma ou duas vezes para as meninas mais velhas, mas não estava seguindo as crianças, estava apenas esperando que a garota do curso de arqueologia estivesse por perto.

Eu não protestei. Claro, disse eu, vou segui-lo, então deixei as crianças para trás e senti seus olhos, elas não eram burras, olhando pelas minhas costas enquanto eu era levado embora. Claro, disse eu, sem problemas, eu entendo, com os terroristas e tudo você tem que proteger as crianças. Isso pareceu deixar o guarda ainda mais sem fala. Eu não podia acreditar. Ele me via o tempo inteiro, me via indo ali apenas para olhar as exibições, não para causar problemas. Mas agora ele ficou achando que eu era estranho, provavelmente um criminoso pervertido.

Então eu deixei o museu para sempre aquele dia, o que não é bom, pois eu ia até lá o tempo todo. Tenho que começar a procurar outros lugares para frequentar.

105

BATI NOVAMENTE NA PORTA do Dr. Hunt hoje. Eu sabia que era noite de Natal, mas pensei que ele pudesse estar lá e que poderíamos ser amigos se eu falasse a verdade e me desculpasse por ter mentido. Como eu poderia pensar que ele estaria ali na noite de Natal? Quando caminhei pela neve em direção ao seu escritório, não vi ninguém e nem mesmo vi alguém enquanto voltava para meu quarto.

Eu deveria ter preparado uma carta para deixar para ele. Ou talvez terminar o ensaio e deixar lá. Ou eu poderia ter deixado isso, seja o que for que estou escrevendo agora, mas é claro que não terminei ainda.

106

VOLTANDO DO ESCRITÓRIO vazio do Dr. Hunt, imaginei que havia pessoas ao meu redor, como se não fosse a noite de Natal. Mas todos estavam congelados, sufocados sob a neve. Foi uma cena linda.

Era hora do crepúsculo, a neve caindo. Os estudantes teriam sido congelados enquanto caminhavam, e então teriam sido cobertos pela neve que caía, enquanto ela voava para cima dos seus tênis, sobre seus *jeans*, até chegar aos casacos, torso e cotovelos, ao redor de suas bolsas de mensageiro, por cima dos seus braços até seus telefones celulares, enquanto suas bocas eram cobertas. Os telefones celulares iriam parar de funcionar, e a neve iria silenciosa e lentamente chegar até seus olhos abertos e grudar em suas íris. E finalmente eles iriam desaparecer sob a neve. Apenas eu e Tweety ficaríamos no meio da tempestade e pegaríamos flocos de neve nas nossas línguas.

Estou começando a me arrepender, agora que eles estão congelados, do medo que desejei para eles.

107

HÁ ESTA CARTA QUE tenho guardado:

"Querido Mike,

Não sou burro. Sei que já é hora de eu ficar bem. Você não pode mais ser um *vagabundo*, é o que o papai teria dito. Os *vagabundos* não terminam nada. Um *vagabundo* não escreve os ensaios. Um *vagabundo* fingiria estar doente para abandonar a escola e viver à custa dos pais chamuscados.

Não há desculpa para um *vagabundo*. Eles existem em um milhão de variedades e cada um deles tem uma desculpa diferente. Há o *vagabundo doente*, o *vagabundo de coração partido*, o *vagabundo traído*, o *vagabundo que não está nem aí* — porque ele é um *vagabundo ateu, o vagabundo louco de guerra* ou um *vagabundo que é esperto demais para o seu próprio bem*. Há ainda os *vagabundos invisíveis* que ninguém nota e há os *vagabundos que vivem no subsolo*. Não há padrão para um *vagabundo*, exceto que ele não faz o seu trabalho, e como nosso pai dizia, há salvação no trabalho.

É isso que os *vagabundos* não entendem, que a maior virtude do mundo é a ação. Não ser um *vagabundo*. Eu apenas não sei o que vou fazer a respeito disso. *Vagabundos* desistem e não fazem o trabalho.

Tudo isso é falta de ação. Inércia, isso é ser um *vagabundo*. Morte. Inércia. É isso que me preocupa. Todos somos *vagabundos* quando estamos mortos."

A carta estava assinada por Lyle, datada em 9 de setembro, mas não a encontrei até outubro.

108

ESPERO CONSEGUIR TIRAR ALGO disso para o ensaio sobre fé. Acabo me distraindo, quando deveria estar sentado escrevendo, na noite de Natal. Em vez de escrever, tenho feito pesquisas na internet e procurei por Harrison. Harrison Stirrat. Estive olhando suas fotos e não estava preparado. As fotos são horrendas. Há uma antiga, num *site* de uma agência francesa, de um garotinho segurando um par de mãos para a câmera. O garotinho tem um rifle de assalto pendendo sobre suas costas e usa uma camiseta grande até os joelhos, como as que eu usava para dormir quando era pequeno. Ele está praticamente acenando as mãos para a câmera, com seus braceletes de sangue seco. Eu posso imaginar Harrison, baixinho, careca, de pé na frente daquele garoto e tirando a foto, e então contando a história sobre ela mais tarde, em algum bar.

O que eu não conseguia suportar eram as novas fotos de Harrison. Um ensaio fotográfico sobre a vida *yaa baa* em Bangcoc. Elas eram muito comuns, na verdade, exceto pelo acesso. Apenas fotos de jovens tailandeses chapados, e algumas fotos mundanas de dentro de uma fábrica. As imagens pareciam quase serenas, e vê-las me fez sentir como um mentiroso. Talvez eu tenha inventado a história toda. Sinto como se tivesse contado as mesmas histórias inúmeras vezes, mentindo. Isso é em parte porque tenho estado tão quieto neste semestre. Estou muito cansado de mentir.

Lyle me disse que viu nossa mãe matar nosso pai e se matar, antes de a casa ser incendiada. Antes de ele incendiar a casa. Mas não sei se acreditei nele. Ele não foi morto durante o ataque de 11 de Setembro. Ele pulou de cima do terraço. Ele se matou. Não acreditei nele e fui pegar água, e quando voltei ele havia pulado do terraço. Talvez se eu tivesse acreditado nele as coisas tivessem sido diferentes, mas você tem que dizer a verdade para as pessoas, certo? Você não pode simplesmente acreditar nas mentiras que elas inventam, do contrário nunca poderá viver corretamente.

Lyle me disse que colocou fogo na casa por causa do que ele viu. Para que eu não tivesse que ver. Estou contando para você para que a gente não esqueça. E para quem mais eu poderia contar? De qualquer forma, você deveria saber, ele colocou a culpa do incêndio em você, *irmão*.

Estou indo embora. Isso é o que meus pais teriam feito, e é o que Tweety fez e o que nosso irmão Lyle diria para fazer. Vou caminhar pela neve para a rodovia além do *campus* e vou andar de volta para o mundo. Vou cruzar a rodovia, como estou, e vou sair. Mesmo se eu vir uma garota segurando um bebê, voando pela rodovia cheia de neve em sua motocicleta.

Eu só não posso acreditar que, de todas as pessoas no mundo, estou contando esta história para você.

Agradecimentos a:

Terry McDonell
Supattra Vimonsuknopparat
Torgeir Norling
John Stauffer
Juliet Lapidos
Os Thompsons de Paumalu Place

PARMA
Impressão e acabamento
Editora Parma LTDA
Tel.:(011) 2462-4000
Av.Antonio Bardella, nº310,Guarulhos,São Paulo-Brasil